我的诗情画意

My poetic and picturesque scenes

◎周亚南 著

文匯出版社

图书在版编目（C I P）数据

我的诗情画意 / 周亚南著. -- 上海 : 文汇出版社，2014.12

ISBN 978-7-5496-1301-4

Ⅰ. ①我… Ⅱ. ①周… Ⅲ. ①诗集－中国－当代②散文集－中国－当代 Ⅳ. ①I217.2

中国版本图书馆CIP数据核字(2014)第298078号

我的诗情画意

著　　者　周亚南
责任编辑　闻　之
装帧设计　戚平康
排版制作　戚平康
出版发行　文汇出版社
　　　　　上海市威海路 755 号
　　　　　（邮政编码 200041）
印刷装订　无锡市长江商务印刷有限公司
版　　次　2014 年 12 月第 1 版
印　　次　2014 年 12 月第 1 次印刷
开　　本　787×1092　1/16
字　　数　200 千
印　　张　17.625
印　　数　1-10000 册

ISBN978-7-5496-1301-4
定　　价　38.00 元

序

生活里往往因缘聚合，与人为友，以书为趣，以文为乐……和周亚南相识，便是很偶然的机会。某日参加清华同学聚会，我这个局外人见识到一群志向满满、事业有成的企业家，其中有亚南。老板给人的感觉，好多年前就被歪曲了，总感觉有些利益至上、商业气息过浓的味道。然而他们的言谈，让我感到一份奋发进取的事业心、关注社会的责任感，追求文化的品味。人，需要近距离接触，才能真实地了解。

常常以为，美好的人生，不只是容颜，更需要心境。容颜再美，终究要老；心境之美，却是洗尽铅华呈素姿、沉淀杂质更自然。这样的发现，是在周亚南的文字里。她很勤奋，笔耕不停，不时可以看到更新的说说、文章、微信，还附上自己或自然的美景照片，对生活的热爱之情跃然纸上。于是，我开始从好奇，到欣赏，后来实在是惊讶了。作为一个企业主，作为一个家庭主妇，那么多尘事缠身，何以静心写作？五年来，除了倾心于自己的事业，亚南能安心写下这么多文章，涉足散文、诗歌、游记、杂评、心得，范围不可谓不广，内容不可谓不杂，也许平时一点一滴觉得渺小，如此积累下来却是浩瀚之水。真的是难能可贵，让我既汗颜，更是佩服。浮躁与功利，已经成为现代社会公众批评而无奈的通病。而沉醉于笔墨，近乎奢侈。因为写作，可能算枯燥乏味的事情，不仅占据时间，而且是一个复杂的思想过程。其本质，是人与社会、与自然、与生活的对话，是与他人、与自我的对话。这一切，需要知识的积累、对社会的观察、对人性的感悟，而不是为赋新词强说愁。所幸，亚南一直保持着这样的志趣。能以之为乐，就有了创作的动力；能持之以恒，就有了成功的基础。亚南对事业的体验，再次展露在写作的过程中。

过去的五年，对亚南来说，是事业走向稳定的阶段，是思想走向成熟的阶段。生活里，她扮演着不同的角色：商人、妻子、母亲、朋友、学子……同时，保留着一个文学爱好者的可贵品性——敏感、热诚。文如其人，文字是一个人内心的镜子。初识，看山是山，她是一个商人；再识，看山不是山，她是多面性的；熟识，看山还是山，她生活于尘世而卓然于群。从字里行间，看到了她的执着，对事业、对学习孜孜以求；看到了她的善良，对他人、对社会奉献爱心；看到了她的美丽，对容颜、对自然淳朴求真；看到了她的热情，对生活、对情感真挚如初。在社会与环境的变与不变之间，依然保持着自己的志向和品格，也许有点孤独，却如莲花静美，如幽兰暗香，不求人誉，依然保持心灵深处的那份纯净、那份美好。这恐怕也是亚南笔名“雅惠”的真实写照，也是她人生追求的一种境界。

岁月流逝，春华秋实。可以说，亚南是成功的。这份成就感，不是简单地赚了多少钱，而是事业、家庭和个人达到了一种平衡，相得益彰的快乐！如今，把这些年的文字集结成书，就是对一段人生的回顾和总结。一味地行走，执迷于忙碌，容易忽视了生活里的风景和情趣。走一走、听一听，想一想、看一看，更显从容，更显睿智。品味人生，值得品味，这是非常庆幸之事。其文采如此，托我作序，颇感愧意，谨此为记，以表祝贺！

佚名

2013.3.28

淡淡的情怀（代序）

无法精确地给她一个定义，商者？诗人？作家？好像都是，又好像都不是。对她最好的解读就是不做任何解读，“如水般沉静，如菊般淡然”，亦如笔尖流淌的涓涓溪流中，影映着最真实的她——周亚南。

总以为诗人都远离喧嚣的城市，隐身在野，因为匆忙浮躁的城市难以沉淀一份淡然。然而惊喜地发现，遨游商海的亚南，却有着异于常人的洒脱。细品亚南的人生絮语，弥漫着江南水乡的情调，酝酿着小桥流水的氛围，流动着亦梦亦幻的记忆。她衣袂飘飘，行走人生，欣赏花开，聆听流水，看飞鸟掠过天际，朝霞跃上云端。

只有真正热爱生活的人，才会用心感受一路的风景。她的浅吟低唱，人生感怀，都是用最自然、最真实的情感串联出来的人生珍珠项链。亚南的风景不见得是在地图上标出的那个景点，有时候，却是她行走时路边一些不知名的小花。惊叹亚南内心一隅中的世外桃源，翠色生烟，灵气逼人。

仰望星空，她在凝视自己的灵魂，在清风明月中洗心明性；登高望远，她在放飞心灵畅叙遨游，在自然的人格中实现自我超越。她用独特的审美来捕捉当下生机，以享受自己的人生乐趣；用智慧的双眸透视当今纷纭，定位人生不同的坐标；用大爱来感受世界，启发彻悟;用真情演绎人生，超然世外，乘物以游心。无奇的世界，在她的眼中而成了一幕幕生机盎然，充满灵性的深情。

曾有人将人生分为三阶段：自己说服自己，是理智的胜利；自己战胜自己，是人生的成熟；自己感动自己，是人性的升华。在亚南的絮语中，我看到的是一个被自我感动的惠性女人。品读之中，我常常掩书而思，情绪被一段段灵性的文字牵引、融化，弥散、渗透在内心世界每一个角落。

明宇

2013.3.31

完美人生（代序）

商人，在当下的中国绝不是一个好名词。苏丹红，三聚氰胺，地沟油……每一个公众事件的背后都牵出一个或一群商人。在别人的面前，商人都不好意思提自己是商人，只好说自己是高管。

今天，周亚南女士的《我的诗情画意》，让我们知道：中国商人原来还有儒商的。先让我把话题扯远点，有一个永恒的问题：何为人生最高境界？窃以为是：完美，或者在通往完美的路上。

古人的完美，当推明朝一哥王阳明。古人认为圣人有三不朽：立德，立功，立言。“开圣人之伟业，须往圣之绝学”，阳明先生都做到了。不说蒋公介石对阳明先生无比推崇，就是日本明治第一名将，日俄海战的最高指挥官东乡平八郎，他的腰间的印章也刻着：一生俯首拜阳明！所以，人的完美，也是立德，立功，立言！

商人之德，就是仰无愧于天，俯无怍于地，堂堂正正地做人，堂堂正正地赚取应得的利润。儒家是修身立家治国平天下，商家就是修身立家利国济天下，此为立功！

亚南女士，从当年十多人小公司的会计，奋斗十余年，筚路蓝缕，创成如今无锡名列前茅的国际物流公司，我觉得这就是立德立功。我们无法与李嘉诚比拟，也没有施正荣的胆量，踏踏实实办企业，对得起员工，对得起朋友，对得起社会，这也是鲁迅先生说的中国的脊梁！

仅有这些，离完美的境界还有些距离，所幸，有这篇《我的诗情画意》是为立言。

言为心声，这里，没有金钱的铜臭，没有商场的尔虞我诈。这里，有的只是一颗真诚的心灵在天地间行走，风花雪雨，唐风宋宇，心路历程，一点点，一滴滴，都以精致的文字，不带烟火气的气息，如云卷云舒，慢慢展现在你面前！不需要浮躁，不需要喧嚣，不需要计较，仅需以笑看秋月春风，只需“一盏清茶喜相逢，古今多少事，都付笑谈中！”人生至性至情不就如此吗?

想做一个成功的商人，不用看这本书。想拥有完美商人背后的心灵，就翻翻这本《我的诗情画意》吧，就如我此刻这样……是为序！

清羽云霄

2013.3.28

亚南的选择（代序）

高鸣

亚南长得美，写的文章也美。《我的诗情画意》便是见证！你看那照片，美女吧！你复读那文字，美文吧！

亚南嘱我写序，我诚惶诚恐，因为自己不善诗歌和美文式的散文，点评、解读她的作品，恰似小学生答大学生题——难！可恭敬不如从命，还得遵嘱。

记得读中学时有位语文老师教导我们:“做老实人,写滑头文”。可见，文章是“滑”的好。为《我的诗情画意》写序，不去说亚南的文字如何如何，却畅说亚南的选择，似有"滑"的味道。好在不打自招坦白了，也算老实人。

熟悉亚南的人都知道，她是美女，也是才女；她是文人（而且是作家），也是商人（而且是企业家）。这样的女性无疑是成功的，令人欣赏。她的美丽可以欣赏，她的聪明可以欣赏，她的人品可以欣赏，这些我都欣赏。在此我想强调的是，我特别欣赏她的选择。

让我们来看看亚南的选择：

孩提时，她选择了爱好文学；上大学时，她选择了中文系。爱好文学，尤其是女性，实在是一个美妙的选择。文学使人儒雅，使人有人情味，使人懂人性，使人会审美，使人更像人。常言道，女人30岁之前的美是爹妈给的，30岁以后的美是自身养成的气质。从这个意义上说，如今亚南的美是她爱好文学，爱读书、喜写作的结果。

大学毕业后，亚南没有随着参加工作，结婚生子，因百事所缠而放弃文学，而是选择了一如既往地读文学书，写文学字，以此修身养心，并结出美丽的果实——《我的诗情画意》。

在职业的最终选择上，亚南没有选择去考公务员，去事业单位当员工，去外资或别的企业里当白领，而是毅然选择下海创业，做商人，做企业家。亚南说："创业，也许比做别的什么更辛苦些，风险也大些，但更能实现人生价值。"我完全赞同亚南的这种选择和观点。事实上，在发达的民主国家，一流人才当企业家，二流人才当科学家，三流人才当政客。

创业难，守业更难。在做生意，做企业家的过程中，好多人半途而废了，在艰难困苦中没能坚持走下去。外表柔弱内心强大的亚南选择迎难而上百折不挠，终使所办企业一年更比一年好，颇具规模。

前不久去亚南办公室拜访，见墙上挂着"天道酬勤，人道酬善，商道酬信"十二个字，深以为然。我同时想，天道也好，人道也好，商道也好，或者还有什么别的道，大约都会酬善于选择之人的。因为选择代表了方向，而方向比努力还重要。

既做作家又做企业家，是亚南的选择。这样的选择，是一手抓精神，一手抓物质，利己又利社会。亚南的选择告诉我们，好的选择是成功的前提，是快乐和幸福的源泉。

权当序。

目录

contents

第二篇章　散 文

第一篇章 诗词歌赋

芬芳蝴蝶兰

淡淡的 淡淡的
凝结成素雅的兰花串
连接成兰花的珠链
悬挂在枝桠间
含苞欲放时
羞涩成花骨头缀于枝头
姹紫嫣红时
怒放成娇羞含俏傲立枝头
浇水时 不慎碰断花茎
兰花从容跌落于 花盆
却依然清新于窗台
似乎诉说着幽怨与不甘

拾掇起人为坠落的幽兰
置于书间
与书签 融为一体
与墨香 形影相随
恍如一场君子的约定

蓦然相伴 蓦然相依
置于杯垫

素雅的色彩与杯垫相携
仿佛繁华中的一抹秀丽
唇齿相依 心脉相融
置于花盆
淡淡的芬芳与花盆偶遇
似乎红尘里的一场际遇
淡然相逢 淡然相处

这 短暂的芬芳
抵不过生命尽头的黯然
只要曾经绚丽过生命的色彩
也能惊艳时光从容的芳华
永恒开放在呵护者敞开的胸怀

紫色的世界

这一幕紫
似我的一帘幽梦
开放在梦开始的季节

一簇幽香暗自浮动
似我沉静的心田
积蓄生命的厚重

轻握文字的灵秀
感悟你的儒雅秀丽
聆听和风里轻盈的足音
低声细语倾诉衷肠

与你绽放在绚烂的时节
与你同行在紫色的天籁
与你共融在典雅的垄间
与你共享那锦绣的未来

遥望远方，思绪如花

是谁播送着一段清丽的梵音
缭绕在我的窗前
引领我满怀期待的心
守望东方旭日的初升
静待菩提花开

是谁轻浅一支光阴的剑
置于我的窗前
魅惑光怪陆离的双眼
守候如日中天的蒸腾
剑气如虹横贯长空

是谁奉上一捧怒放的鲜花
搁于我长长的窗台
激发心怀浪漫的禅意
放飞满怀的信心与梦想

是谁温润了年华的苍茫
惹我郁郁倚窗而望
敲醒岁月无情的翅膀

把文字刻在花幕的唇瓣上

委婉馨香旖旎弥漫

祈愿把这一份清幽

如同我婉约的情怀

一起飘向那遥远的地方

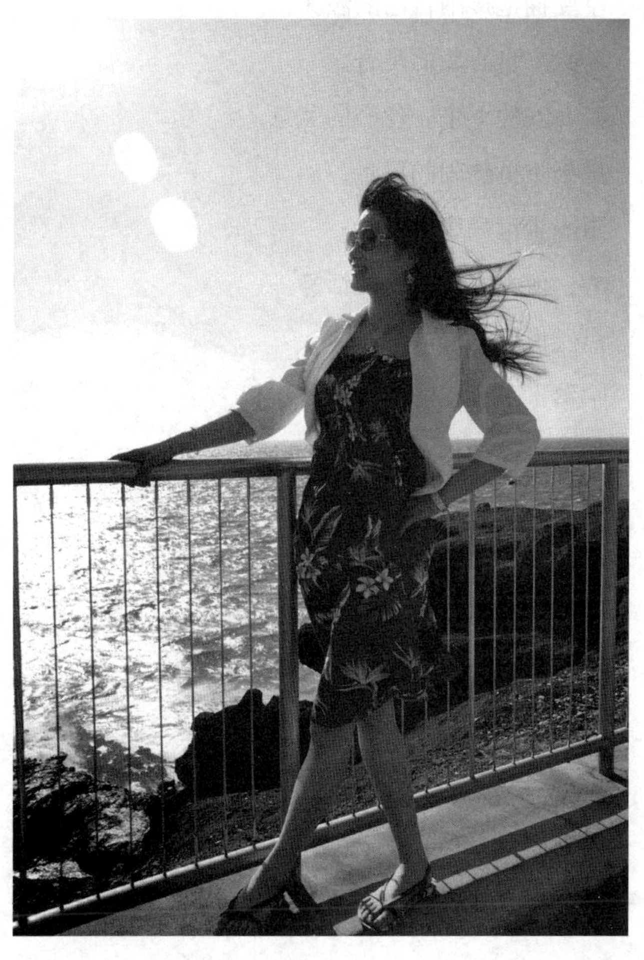

回首

回望来路，享受四周的静谧，
体味生活的点点滴滴，
享受拥抱接纳自己的滋味，
聆听来自心底的足音。
心，安静下来，丝缕的美意，
熏染尘世热闹的风景，
阻隔尘世颓唐的蒙昧。
心，博大宽广，温婉恬静。
点燃世事无常的淡泊，
喧嚣世事沉淀的纯粹，
属于自己的这一刻，
晨风拂面，繁花似锦，
岁月静好，人生静美。

时间的脚步

时间，如哗哗的流水潺潺而过，
时间，如从容的指针轻轻流转，
时间，如滚滚的车轮匆匆驶过，
磨砺着人世间，尖锐的棱角，
磨蚀着人世间，沧桑的记忆。
曾经刻骨铭心的人和事，
渐渐淡忘在生命的某个角落，
连姓名也要在记忆的碎片里，
搜寻良久，才逐渐清晰。
是时光荏苒的脚步太快？
是岁月蹉跎的步履太急？
是记忆模糊的影像肤浅？
终究敌不过时间淡忘的葱茏。
是否某一天的某一时，
你我互相遗忘在生命的某一程？
请珍惜这依然铭记的当下种种。

午间细语

轻拈时光的素笺，
漫拥流水的云烟，
执一方飘浮的华彩，
低吟思念的盈盈心怀。

搁浅子午的尘埃，
涤荡流苏的轻曳，
盈一抹禅意的氤氲，
触碰最初感动的心怀。
心路绵延的历程，
风雨同舟的期待，
粘一起执着的意念，
追寻曾经梦怀的睛川。
梦里花落知多少，
皆付笑谈云烟中。
心念浮沉，静谧入怀，
心怀安然，浅笑入怀。

刹那即永恒

弹指一挥间，刹那即永恒。
穿过时光繁华的隧道，
迎接最初平静的心怀，
生活的滋味点滴在经历，
凝结成岁月永恒的财富，
丰饶未来的人生旅程，
淡定从容，不惊不扰里，
诠释清风明月，岁月静好的情怀。
人生之路且行且停，
鲜花盛开，清风徐来，
云卷云舒，闲庭信步，
沉淀岁月的葱茏，
丢弃颓废的尘埃，
信持美好的心怀，
优雅豁达，闲适轻松，
敞开胸怀拥抱靓丽的未来。

懂得

懂得了知足
赢得常乐的心性
懂得了感恩
造就高贵的品质
懂得了淡泊
成就平静的心态
懂得了慈悲
拥有宽厚的胸襟
懂得了珍惜
拥有了温暖的情怀
生命中的一切源自于
自我的觉醒与自我的觉知

致凌霄花

你火红的花冠
曼妙如炬
妖娆如姬
攀援着绿色的藤蔓
依附着向上 向上
随蔓延的藤蔓而风光无限

你俯下身躯笑看众芳
高洁典雅的 兰花
居幽谷而不失端庄
袅婷圣洁的 莲花
居乌池而不失俊秀
雍容华贵的 牡丹
居深闺而不失高雅
唯你 依附藤蔓而生长
居高处而 不胜寒
处高位而 不胜独

凌霄啊 凌霄
藏起 你的锋芒
收起 你的曼妙

敛起　你的丰腴
生命是一条漫长的路
任何繁华 终究
敌不住时间流水的消蚀
唯有那常青绿色的叶
永远谦逊地垂着绿荫
庇护着需要阴凉的人们
让灵魂永垂不朽于世间

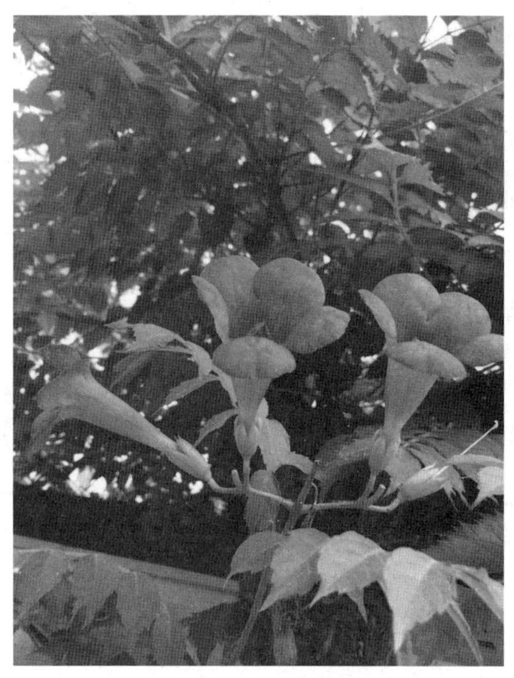

心怀感恩，让生命焕发异彩

感恩
生命中的每一种际遇，
感恩
人生的每一次相逢。
跳出圈子看圈，
那只是一个圈而已。
跳入圈子内观自己，
你只是沧海一粟而已。
风过无影，雁过无痕，
感恩际遇，让生命丰硕，
感恩相逢，让生命充盈。
心中盛开着靓丽的玫瑰，
蓦然盛开在年轮的每一个四季，
于平和宁静中阐释生命的内涵丰腴。

花与茶

一盏茶里品香醇，
一朵花里悟禅意，
茶叶舒缓鲜花相伴，
茶雾袅袅花香氤氲，
茶里有花，花里有茶，
相知相意，相怜相惜，
凝结成花与茶永恒的默契。

茶里乾坤大，壶中日月长；
品茶用雅心，悟茶用道心；
人生如饮茶， 甘苦均自拔；
绵绵若存期，用之不勤时。

感悟若水

静水流深，上善若水。
水滴石穿，饮水思源。
行云流水，水到渠成。

水如君子，亦方亦圆，
亦静亦动，亦柔亦坚，
亦曲亦伸，亦上亦下。

夜雨微澜，声声入心坎，
清风随舞，滴滴绕窗棂，
春雷轰鸣，阵阵摄魂魄。
远离尘世的浮躁与喧嚣，
沉淀在岁月的静美里，
来自于心底的那份沉静，
无欲无求，沉默寡言里，
让生命的历练进一步提升。

雀跃枝头，喜上眉梢，
生活如此美好，哪来那么多的计较？
回首往事，嫣然一笑，
平心静气，一切不快烟展云消。
傻！傻！傻！
云里硝烟云外恼，墙里秋千墙外笑。
妙！妙！妙！
生活一切皆如云霄，看淡即美好。

相由心生，心由相描。
拥有美好的心灵，
修来善良美丽的容颜，

凡世红尘，简言素行，

修炼内心，修炼容颜。

人生的幸福甜苦，各自由心。

理解别人，是一种心态；

赏析别人，是一种境界；

宽容别人，是一种胸怀；

关怀别人，是一种品质；

尊重别人，是一种涵养；

帮助别人，是一种善良；

成就别人，是一种高度。

你眼里的风景

一滴水，一棵树，一知己，
一朵花，一首诗，一风景，
一心念，一眼眸，总关情。

一花，一叶，一草，一木，
都是生命力的婉转展现，
你看它时，它亦看你，
与你同呼吸，共命运，
一舒一展间，一开一合里，
缱绻与时光共舞，与岁月同行。

属于自己的风景，永远不要错过，
不属于自己的风景，只需要掠过，
人生，不可能拥有所有的风景，
只需要拥有最值得拥有的那一种，
不离不弃的是那份最初的情愫，
曼妙成流年里永恒不变的关切，
一句懂得，已万种风情纳其中。

化茧成蝶

我似沉睡千年的蛹
拖着沉重污垢的盔甲
在草莓汁的磨砂下
渐渐复苏　渐渐苏醒

包裹着塑料布的躯体
冷峻里慢慢温热
成血肉的身体
温润了那颗火热的心
似涅槃的凤凰
迎来重生的柔光

满池的花瓣层层洗涤
洗涤草莓汁的酸腐
洗涤塑料布的蒙昧
洗涤盔甲厚重的污垢
蜕变成无暇之玉躯
翩然降临于生命灿烂时

生命的美好

美好，是一种自然而然的状态，
美好，是一种随遇而安的心情，
美好，是一种令人心仪的内涵。
大自然的美好无处不在，
只要用心发现，静心聆听，细心感悟，
便能诠释美好的意蕴。
人类的美好随处可见，
一句问候，一个眼神，一抹微笑，
便能传递美好的默契。

生命的美好在于经历，
一场风雨的历练，是一种提升，
一段旅程的走过，是一种实现，
一次拚搏的过程，是一种磨砺，
生命的美好，是一首动人的旋律！

盈一指岁月的风华，浅梦一程。
生命的美丽，源于每一次的遇见。
遇见美丽的自己，遇见喜欢的友人，
向着日光，暖暖微笑。
向着月光，甜甜相思。

欣然欢喜，简单真切。

风儿吹走心底的喧嚣与繁杂。

愿随心的喜悦和安生，常驻心底。

生命的旋律

走过岁月纵横的　篱墙
趟过时光交错的　沟壑
迈过日子凝汇的　焦点
徜徉在繁华似锦的春日里
将满怀的心语交给柳荫
把满腔的欢欣交给木槿
用满腹的豪情书写壮美
以诗意的热情描摹秀丽
聆听自然舒展的足音
释放一季幸福的心情

生活的滋味

生活，如一滴灵动的水。
滴到哪里，融入哪里，渗透哪里，
了然无声，了无痕迹。
上善若水，静水流深，纯洁透明。
灵动之水，润物无声，丰盈泽厚。

静静地读书，
细品漫卷诗行里文字的醇美，
让时光于浅吟低徊里悄然流淌，
静的凝重，动的优雅，坐的端庄，
行的洒脱，妆的素雅，书的精深，
一一于文字的灵动里悠扬。

人生如棋，不谋一域，而谋全局。
执子之手，落子之手，均于一念间，
结局失之毫厘，差之千里。

莲花的情结

生活需要低调而从容，
生活需要平和而简洁，
生活需要温暖而如意，
如莲般淡然，以冷静诠释宽容，
如莲般质朴，用达观衬托高贵，
如莲般纯洁，用简单阐释豁达。
一杯茶，一首歌，一个人，
一丛绿，一簇花，一壶茶，
夕阳西下潮红的余晖，
洒满木棱栈道的边沿，
把心安在红尘的边上，
半品人间繁华，半听宫阙仙音，
静静等待莲花初醒的足音，
于袅袅琴音里，许自己一个春暖花开未来。

心底的念想

每个人心底，
拥有这样一段美好的幻想，
与一地阳光为伴，
与一席清风为伍，
与一丛粉嫩为邻。
“无丝竹之乱耳，无案牍之劳形”，
闻着花香，不言烦扰，
品茶读书，不争朝夕。
与花对言，与草详谈，与风亲昵，
静静地度过每一个淡泊的流年。

红尘阡陌，安然相遇。
桃红柳绿，悄然相逢。
夜莺呢喃，蓦然相守。
庄生晓梦，梦蝶如斯。
蝴蝶恋花，蝶恋如斯。
执一纸素笺，描摹滑入心底的记忆；
燃一株清香，氤氲丝丝缕缕的眷恋；
凝一枚香烛，照耀心底澄澈的透明。
山川与流水，是心有灵犀的相映，
鲜花与美酒，是琴瑟和鸣的惬意。

诗意的清香，铸成心底永恒的涟漪。

于指尖滑落的年华里，沉淀一颗淡然的初心。

生日感恩

一句温暖的话语
一段温馨的祝福
一颗颗纯洁的心灵
融化了今日所有的温情
心中盛开着一朵朵美丽的玫瑰
绽放在这春日温暖的情怀
生命瞬间焕发出灿烂的光辉
闪耀在以后的人生旅途
不再徬徨不再孤独
原来你们一直在这里
陪伴我生命的每一个白天黑夜

感谢来自你们的心语
感恩生命赐予如此多的能量
在这万花绽放的春日
在这满目清翠的时节
与你们共同
造就生命永恒的琥珀
铸成生命闪光的钻石
闪耀在各自生命的舞台

紫色的梦魇

阳光漫溢的春日午后
你我倾心相对
如多年不见的老友
相谈言欢 互诉衷肠
不同的境遇 不同的道路
共同的爱好 相同的追求
仿佛遇见了生命里
那沉睡未知的自己

落地窗外
微风拂过草坪的欢欣
柳枝摇曳湖水的轻盈
如漫卷的诗书欣喜欲狂
如初绽的绿荷娇羞含俏
一任如水流淌的情谊
在言语间悄然流淌

带回一串紫罗兰
带回一个紫色的梦魇
带回一段未来的期许
这根植于心的紫色

在我的阳光呵护里

定会编织成如花的藤蔓

枝枝叶叶链联成珠玉

如我倾心的一帘幽梦

绽放在如花的生命之途

独处之美

独处是一种孤独的美，一种凛然的美。
学会独处，淡然面对世事云烟，
学会独处，静静聆听来自灵魂深处的声音，
学会独处，在短暂的孤独里细数过往，
学会独处，等等灵魂的脚步，
别让自己走得太急，太远，
以致于忘了回家的路。
喜欢独处，静静地面对自己，
慵懒地蜷缩在班椅里，窗台一片葱绿，
数盆植物生机盎然，窗外林立的高楼，
阳光下静默着，是熟悉城市一隅。
燃一柱熏香，借一束阳光，
容一刻闲情，
静静地听自己心跳的声音，
让心在午后片刻的闲暇里宁静。

为你守候

我在清晨清冽的和风里
走近你　盈盈的湖水
你　欲语而还休

我在正午和煦的春阳里
走近你　依依的垂柳
你　曼妙而妖娆

我在夕阳西下的霞光里
走近你　沉沉的山峦
你　漠然而巍峨

我为你守候
从朝阳至落日
从月缺至月圆
春夏秋冬　寒暑易节
我　默默守候你的
春华秋实　夏至冬来
为你守一曲不老的恋歌
坚贞不屈　矢志不渝

遥望

遥望山川的俊逸
山川向我招手
遥望大海的广博
大海向我微笑
遥望雪山的圣洁
雪山向我挥手
遥望湖泊的幽深
湖泊向我示意
遥望青松的苍翠
青松向我问好
遥望小溪的轻柔
小溪向我呼唤
春雨
滋润着季节的脚步
春花
昭示着季节的美好
春风
吹佛着季节的内涵
春柳
摇曳着季节的风姿
季节灵动飘扬的时节

驿动追寻春天的心灵
在如萤文字的行间里
幻想　　那一场
属于春天的旅行
心已行走在追梦的路上

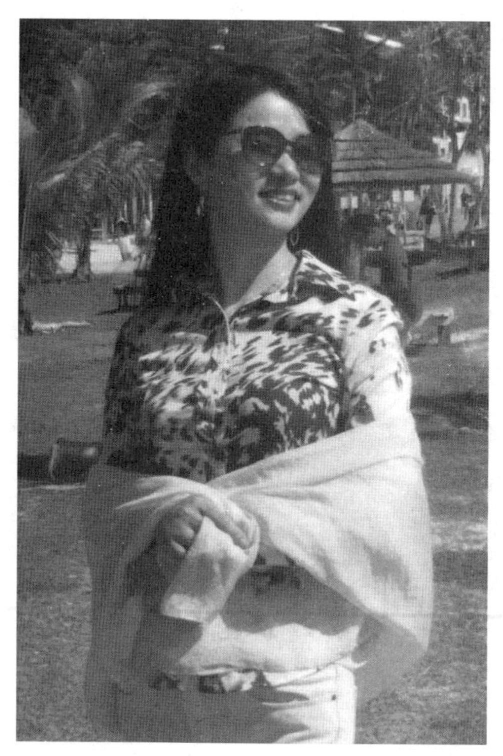

酒逢知己无语亦温情

红色的琼浆玉液
白色的芳香浓郁
那是酒
散发出的无穷魅力

酒逢知己如饮甘怡
千杯又何妨?
同学情谊
轻松愉悦中汩汩流淌

无须粉饰
无须寒暄
无须应酬
在酒的渲染下
尽情释放此刻的感受

觥筹交错金樽共鸣
举杯换盏同饮而尽
相互信任相互依存
任时光悄悄流逝
而毫不知觉

挥洒酒后的自如

恰到好处时的愉悦

再见时无语亦温情

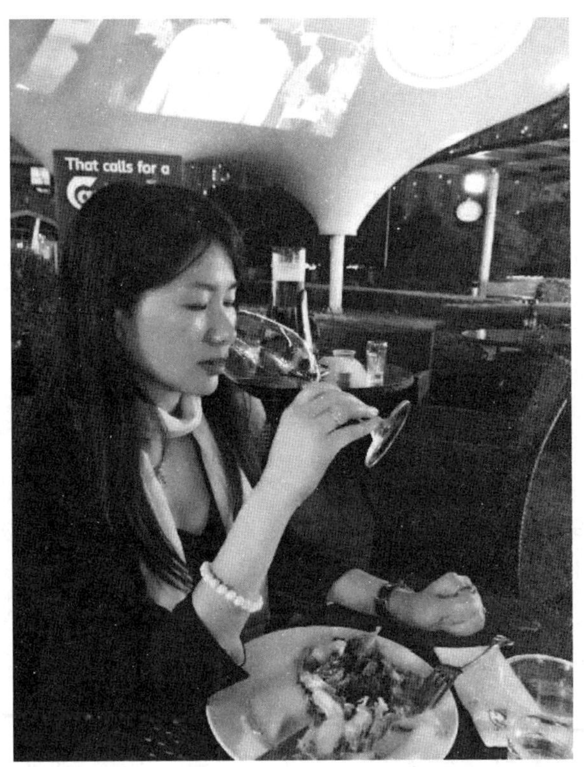

那一场唯美的诗篇

轻拈岁月的花指，
抖落满心的繁华，
沉淀一颗素色的心。

蓦然回首，
那一场唯美依然在心尖，
惊艳过时光的转角，
炫丽过年轮的支点。

纵然短暂，
那一场绝伦依旧在脑海，
闪耀过经历的印痕，
靓丽过舞台的飞雁。

留下这唯美的诗篇，
回味在昨日的心魂，
飘荡在今日的相聚，
氤氲在时空的温暖里，
漫卷飞扬成，
春色里的一抹曼妙。

生命的际遇

凝一抹馨香，
沁一怀艳阳，
掬一捧清凉，
于心怀的深处，
笑对流年的苍茫。
盈一捧晨风的清新，
握一朵鲜花的绚丽，
听一首旋律的梵音，
盈盈浅笑，静待满树花开。
阡陌红尘，守一窗岁月精美，
心怀欢喜，期待那绝美的呼唤。
生命的温润与感动，即在于此。

不需要姿态，
也能成就一场惊鸿。
不需要言语，
也能明了世事烟尘。
不需要证明，
也能演绎生命精彩。
生活这台剧，
纷纷扰扰，浮光掠影，

剧本全由人心去设计，
演简单，轻松，快乐的剧本吧！
浅还人生的一份本色，
大道至简，大明至真。

生命有多少次际遇，可以温暖心房？
人生有多少次相逢，可以真挚相知？
生活有多少场感悟，可以醍醐灌顶？
珍惜相逢，珍惜际遇，珍惜懂得，
因为，生命是一场短暂的旅程，
经历了才会一步步成长，
历练了才会一点点懂得，
下一辈子，也许不再遇见，
也许不再相逢，也许不再相知，
感恩上苍赐予的这一切，
让生命延续，传承希望的火种。

浅喜深爱

浅浅的喜欢最美，
如品清茶，淡然而素清，
如尝干邑，温和而绵密，
如饮咖啡，虽苦而犹醇。
深深的爱着最真，
阳光下湖堤柳岸漫步，
清风里斜依翻书品茗，
夜色里听风数星赏月华。
于时光飘逝的棱角里分明，
于岁月漫卷的诗歌里缠绵，
于天干地支的平仄里悟道。
淡淡如风，淡淡如水，淡淡如……
润泽人间此消彼长的心灵。

寻梦

春风化雨的季节
雪花纷飞的时光
我徘徊在
梦开始的路上

蹒跚前行
踯躅徘徊
在勇于探索的路上
在执着追求的路上
在奋力拼搏的路上
也许艰难
也许陌生
也许背离
相依相偎的土地上
留下前行者重重的足迹

轻风拂过脸颊
清流划过指尖
沉睡吧
安心于梦魇的篱樊
飞扬吧
去寻找梦中的理想

象牙船

象牙船呀，
象牙船呀，
白如皓月，纯如冰雪，
精工细作，粉雕玉琢，
此一时，
暖风轻拂，涟漪微荡，
兰花锦簇，柔怜飘逸。
彼一时，
春寒料峭，瑟缩待苏。
柳枝稀疏，随风略影。
在飘扬的心海里扬起风帆，
载着梦想，载着希翼，载着甜蜜，
驶向那心灵遥远的远方。

欣赏

欣赏　山川的隽美，
欣赏　湖泊的灵秀，
欣赏　天空的深邃，
欣赏　大海的广博，
欣赏　小草的坚毅，
欣赏　鲜花的艳丽，
欣赏世间所有美好的事物，
拥有感悟美的情怀，
将点滴的感悟融入水墨，
融入字里行间。
晨曦初染时，
捧一缕岁月的暖香，
夕阳西下时，
轻拥落日余辉的绚丽，
漫天星辰时，
漫卷思绪驰骋的画卷，
窗外　红尘喧嚣，
心中　云淡风轻。

与兰别离

那一天
我徜徉在　你的小径
默默地将　一番心事
与幽幽的你 轻言絮语
你仿佛明了我 缠绵心事

素色的你　轻盈绽放
成　一地柔情
浓烈的你　绚烂盛开
成　一汪纯情

紫色的你 高贵典雅
黄色的你 青春热烈
红色的你 热情洋溢
白色的你 纯真圣洁

不忍惊扰　沉醉的梦幻
不忍别离　哀怨的情结
不忍碰触　宁静的心魂

好想　静静地陪伴你

与你绽放成　生命的永恒
好想　带走你的身影
与时光共享 生存的印迹

无奈的你只能适应那一方
供养你的水土
无奈的我只得放弃那一丛
属于你的葱绿

今次一别
海角天涯沧海桑田
离别的遗憾在心中
再见之时
时光荏苒岁月蹉跎
聚首的希翼在梦怀

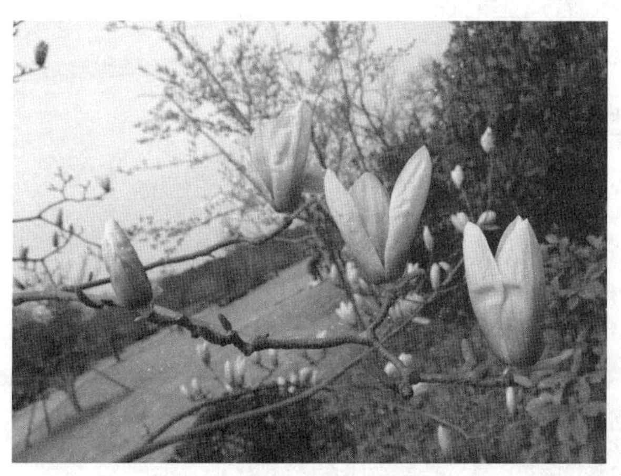

新年的曙光

在浓浓的祝福里，
迎来了新年的第一缕曙光，
不再回首过去，
只放眼光明的未来，
满怀祝福与希望的未来，
满怀大爱与幸福的未来，
满怀憧憬与期许的未来。
种下鲜花，美酒，
种下善念，利他，
种下美好，真挚，
芬芳着心灵的花园，
芬芳着未来的道路，
芬芳着遥远的征程。

梵音阵阵，钟声悠扬，
传颂着新年的祈福与期盼；
人声喧嚣，和谐共处，
传递着新年的祝愿与希冀；
广福寺撞钟祈福，
选择这样的方式守岁，
迎接新年，多年来养成的习惯，

传承着一种信仰，一种信念，
一份情怀，一份念想。
那每年一碗的素面每每尝来，
如永远的珍馐在舌尖，
因为每年仅仅一次，
成为了心底永远的佳肴。
来年必将满怀希望与憧憬，
前行在鲜花满簇的锦绣之路上。

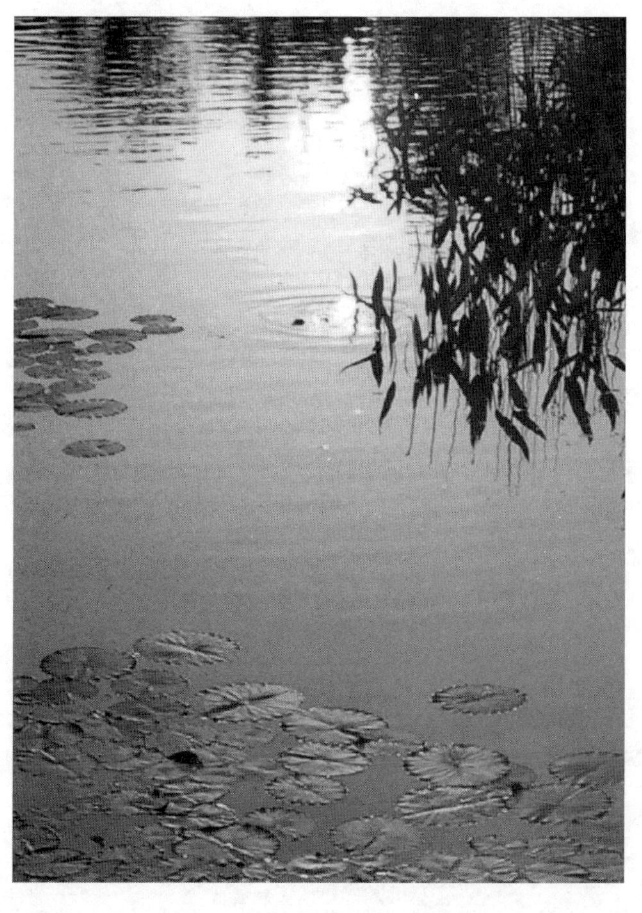

友情颂

守一瓣馨香，
盈一抹欢欣，
贴一副红联。
听一遍新春诵，
吟一首新年诗，
畅一幕新未来。
在漫天烟火中，
细数流年嘀嗒的脚步；
在声声爆竹中，
轻品岁月悠长的钟声；
在重重祝福中，
慢拥情谊如潮的温暖。
与朋友们心灵相约，
与同事们心手相牵，
与同窗们心魂相依。
无论天涯海角，
无论沧海桑田，
友谊永存于心中，
祝福永存于诗行。

窗台，那一丛丛葱绿

无论何时，何地，
总喜爱将空间装点出一片片绿色，
在生机盎然中，
迎来送往每一个浅浅的日子。
那一丛丛的葱绿，
温婉在岁月的长河里，
不比花香的浓郁，
不比花色的艳丽，
不比花朵的明媚，
只幽幽淡淡、清清翠翠、舒舒展展，
把自己一览无余地、淡淡地舒展在碧绿藤蔓上，
一任时光的翠色，镌刻在心的素笺上，
于安静，淡泊中祈祷生命永存这片雅致的翠绿。

生命的诗篇

善良
似生命的黄金
把你的前途照亮
真诚
似生命的灯塔
把你的希望指明
宽容
似生命的珠链
把你的祝福串起
感恩
似生命的涟漪
让你荡漾起美丽的双桨
淡定
似生命的内涵
让你飘扬起智慧的旗帜
宁静
似生命的优雅
让你铸就起聪慧的丰碑

那天的夕阳

那一天
你独自行走在夕阳
火红的余晖里
晚风萧瑟
丝丝缕缕的寒意
尘封不了心底的热情

那一天
你兀自漫步在夕阳
浸染的湖堤上
枯柳瑟缩
纷纷扰扰的思绪
掩饰不住心魂的激越

那一天
你踯躅前行在夕阳
装点的虹桥上
山色如黛　湖水澄明
重重叠叠的念想
枷锁不了信念的执着

那一天
你与静美的风景
一起沉沦在
季节的落寞里
共同找寻
曾经失落的光阴

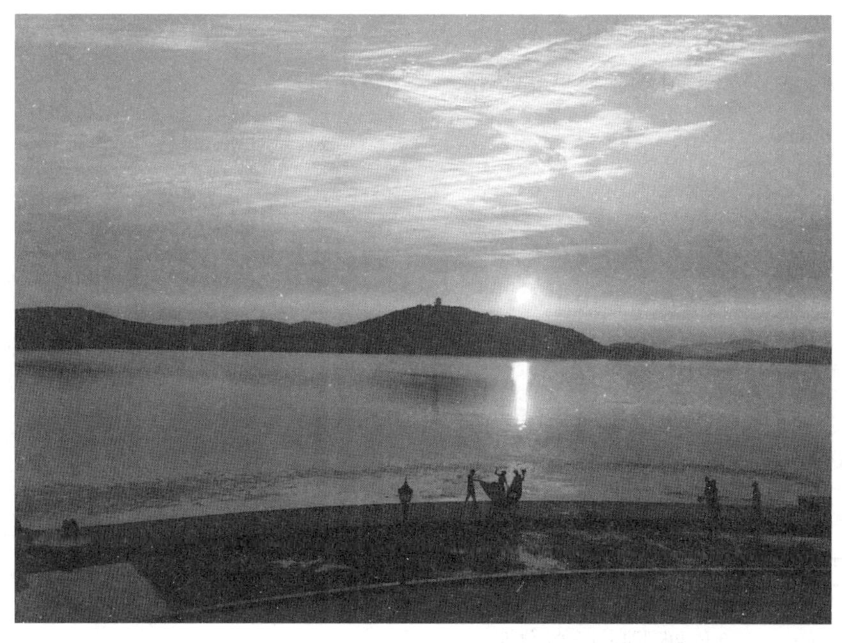

人生的过程

一段人生，尽情的欢乐；
一段人生，委屈的泪水；
一段人生，执着的坚持；
一段人生，茫然的取舍；
一段人生，成功的自信；
一段人生，挫折的警醒……
不必刻意，无须粉饰，
人生只需踏踏实实做事，简简单单做人。
每一段人生经历都是生命珍贵的财富，
必将增强智慧，提升心性，
生命的丰盈在于慈悲，美好，
宽容的一颗平常心，其他何求？

秋日私语

（一）

苍穹湛蓝浮轻云，
荒漠澄黄裸印痕。
浅草渐欲迷人眼，
橙黄靛蓝清秋梦。
自然绣得一天池，
芳草重生秋有知。
夕阳织出七彩帐，
枫林霜晚是故知。

（二）

秋来坝上秋满地，
心随客来客满盈。
坝上秋色无限好，
客来醇酒佳肴饮。
酌酒一杯景万里，
欢欣喜庆把客迎。
艳丽秋色情满溢，
都付炽烈客浓情。

（三）

秋色满盈秋满怀，

红叶尽散娇艳来。

远山如黛乌云袭，

欲将山语风满开。

守得云开见晴川，

觅得风儿喜常在。

子曰不见君踪迹，

君自客家还复来。

（四）

苍山洱海浅相遇，

秋情浓浓深相知。

枫叶传递游子情，

浅亭伫存客相思。

红叶高塔遥相伴，

默然相守永相随。

风花雪月沉雾霭，

随付流水吟欢欣。

（五）

初升的朝阳

冉冉升起

希望的火种

沉沉的薄雾

袅袅蒸腾
秋晨的清新
火红的枫叶
沉沉弥漫
浪漫的温馨
平静的湖水
潺潺孕育
春日的温婉

脚步漫漫
秋叶斑斓
惊世的你
在秋日清晨里
释放如花的绚烂

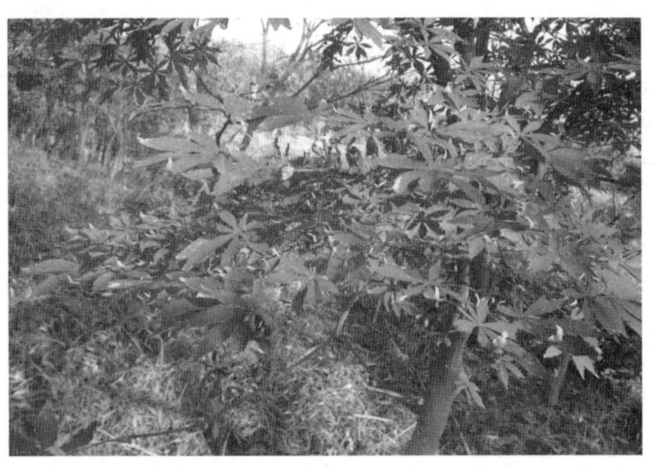

致红叶

你　轻柔绵密
不如我拈指微弹
你 柔情万种
不如我倾世绝恋
你 澹然一笑
不如我深情回眸
秋风里
你 依然凄美
依然灿烂
我会为你
守望 岁岁年年
你　丽影纤纤
芳华欲染
在季节的深处
捧起你清纯的容颜
用心触摸你另一种婉转
山野中漫游的精灵
妖娆的 红叶
永远摇曳在我灵魂的最深处

浓墨重彩，城市中的湿地——长广溪

（一）

层峦叠嶂山重翠，
水波潋滟静如镜。
柳枝红叶相映衬，
山青水秀唇齿依。

（二）

小桥流水鱼欢欣，
亭台楼阁相成趣。
鲜花垂柳展芳容，
柳茵湖畔踯躅行。

（三）

山峦微翠夕阳里，
碧波荡漾鸟和鸣。
柳枝轻轻舞翩跹，
相约春色落霞里。

（四）

萧萧红素青，
菲菲柳枝扬。

翠翠鸟和鸣，

冉冉碧波水。

（五）

玉容寂寞泪阑干，

梨花一枝春带雨。

千树万树樱花开，

最难寻求绝妙来。

（六）

忽见寒梅树，

花开荒草边。

犹知春色早，

又闻暗香袭。

致山茶

在春日初升的朝阳里
越过群芳的灿烂
义无反顾
大步迈向怒放的你
不为触摸你
不为采撷你
只为感受你
清晨雨露的气息
只为欣赏你
雍容秀美的身姿
只为将你所有的妆容
装载在我的镜头里

你这美丽的山茶
越过长夜的黑暗
经过花茧成蝶的蜕变
不再孤独的期待
不再凄冷的守候
从此驻足在我彷徨的心里
从此悠然了岁月的琴音

春天的序曲

漫步春光下，与阳光同步行，
与时光同行进，与湖水共涟漪，
与鱼儿共游弋，与柳枝共曼舞，
与樱花共芬芳，与虹桥共荣耀。
暖暖的春华，暖暖的心灵，暖暖的情怀，
一念氤氲，一念沉静，一念飘逸，
沉醉春光里，沉醉暖流中。

寻找春天的脚步，感受春天的足音，
聆听春天的讯息，鸟儿欢叫，
草儿欢欣，夕阳西下，春柳泛青，
留下少女时代青葱的记忆，
多年未见，那些刻骨铭心鲜活的记忆涌现，
承载了人生最美年华里动人心弦的往事。
江南的壁画题词，
亭楼命名，飞檐廊柱，
透出浓郁的人文氛围。
亭台楼阁，小桥轩窗，
湖堤长廊，竹影疏密，
浸透浓浓的小家碧玉情调。
水乡蕴育下的人们，总有一份淡淡的诗情，

一份静静的儒雅，一份轻轻的绅士，
在早春的夕阳里徜徉抒发。

最美繁花似锦四月天，
自然将所有的绚烂描摹在人间，
演绎着人间所有的精彩，
重叠着人间最美的故事，
幻化成人间动人的旋律，
让时光戏剧性的轮回。

人间最美四月天，风景最美在无锡。
湿地，地球之肾，贡湖湿地，太湖之肾。
湖边一片经人工打造的湿地，金钱树正茂盛时，
春梅依然娇艳，芦苇正返青，枫叶已初绽红，
樱花依然粉红，青翠，粉嫩，碧绿，金黄，
大红交织在一起，簌簌春风中竞相摇曳出独特的风姿，
散发出其独特的魅力。

月华如水

月华如水，满天星斗，苍穹深邃澄明，
从嗡嗡电钻声回归夜的安宁、平静、祥和，
幸福之感油然而生，在这份静谧里回味生活的美好，
偶尔划过夜空的飞机轰鸣，想起失联的马航，
增添世事无常的感叹，
生命中的一切都可能成为过眼云烟，
珍惜当下的种种拥有就好。

柔和的月亮，清晰可见月宫、嫦娥的影子；
星星调皮地眨巴着可爱的眼睛，欲语还休；
静谧的夜，凉爽的风儿拂过，柳枝飘逸，
心尖流淌过醉心的旋律，是春来的福音，
传诵着希望的喜讯，带上梦的希翼，驶向那光阴的彼岸。

心静如水，人淡如菊

缱绻在时光的轮回，让日子如车轮般飞逝，恍如隔世般彷徨。
当一切都已尘埃落定，这颗浮躁的心，终于，安静下来。
如水般沉静，如菊般淡然，任思维一点点舒展，心中的文字也一点点弥漫。
一个静默的自我再次展现，未迷失在那一地鸡毛的琐碎里。
细数曾经的岁月，浮满尘埃，浮满岁月的伤痕。
曾记否，初春夕阳西下。
金色的余辉洒满平静的湖水，粼粼波光，熠熠生辉。
绿色的依依垂柳，荡漾着春日黄昏的精致与妩媚。
落地窗下，那一片咖啡色精致的座椅，长长坠地的紫色窗幔。
摇曳着独特的丰姿，与玻璃台几，相得益彰。
遥望玻璃窗外，夕阳下的湖水，一任思绪飞展。
人生若只如初见，你若安好，便是晴天。
我会把此刻温馨而美好的画面，永远，永远，铭刻在记忆里。
不再，不再，失落在无望的等待中，等待一个个的虚空。
朋友，如潮来潮往，该来的会来，该走的也一定会走。
就如人生的车站，一站又一站，有人上车，也有人下车。
生命中的得和失也总会一次又一次在轮回中旋转。
得之泰然，失之淡泊。

有所得，也必有所失，何必执著？何必感伤？

人生旅程，谁也不是谁的永远，谁都可能仅仅是擦肩而过的一客。

以一次的旅程换一场理解，以一次的经历换一次懂得，

如此，而已。

无关风月，无关庭翠。

以一颗，从容淡泊的心来面对红尘。

以一种，洒脱娴静的心态来面对世事繁杂。

我已释怀，一笑而过地迎接下一场生命的精彩！

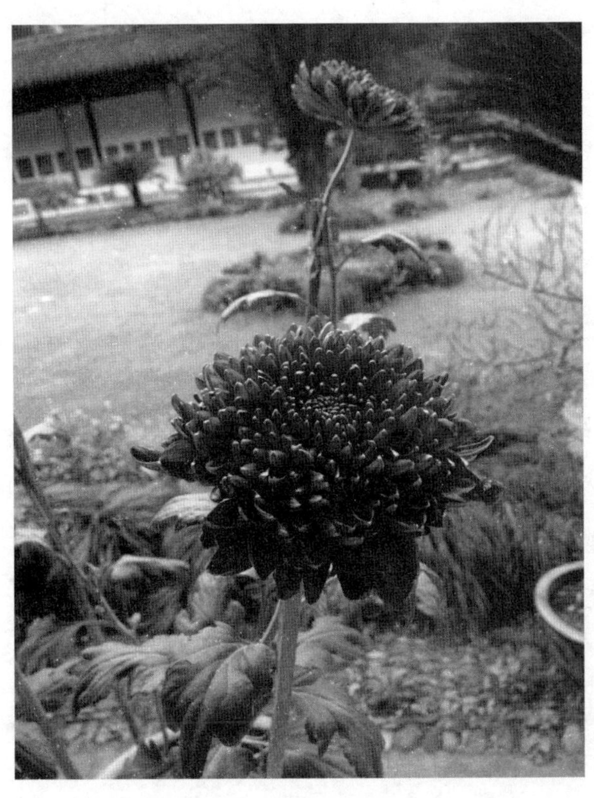

际遇

路过你深邃的视野
粉蔷薇缀满远景
你的意念似缤纷落英
飘入似水的日子
悄悄流淌
有了遥远的念想

你仿佛知道
我从雾雨中彷徨而至
方将这些
叫人未经意的呼唤
从启动的心幕中传动
暗自
辟开一方晴空
然后
越过陌生　遥远　荆棘
走近我

开启了心灵新的航标
于是　有了相遇的悸动
在落寞的季节

温暖了纯净的心田

依然坚守
蓦然回首
那些青涩的往事已随风而逝
而你执着固守着
那份承诺
即便已遥远如星辰
依然在心灵的角落潜藏
小精灵般拨弄着心弦

前行路上踯躅的脚步
渐行渐远
脚窝里磨砺出坚韧
脚步里隐藏着沉稳
更替的岁月
辉煌填满每一段的距离
难以缤纷离人的愁绪
忙碌的时空
无法阻隔心灵的距离
即便已缥缈虚无如雾霭
心　却依然在坚守

给心灵一个歇脚的瞬间

不知为何
总有一丝放不下的情愫萦绕心头
让心灵无法安眠
深夜的清影中
看不清周围的颜色
辨不清灵魂的影子
读不懂心灵的方向
却是无尽的迷茫
一如茫茫的夜色
没有尽头

长夜无声的窒息
无法停止思维的脚步
不停息的忙碌
体力的严重透支
没有了思维的方向
更是心累的沉重
满溢在心魂的沟壑
漫漫长夜
真的
很想沉沉地睡去
给心灵一个歇脚的瞬间

黑夜的灵魂

游走在黑夜的寂静中
让心灵的隐弦
轻扣柔软的窗扉
那铿然的和鸣
是心魂悸动的脉搏
悠然了岁月的琴音

是谁在静夜中
弹奏幽怨的琵琶
撩拨飘荡游走的灵魂
于音乐的抑扬顿挫中
警醒沉醉的魂魄
让心灵 再一次
激荡在夜的沉静里

自我激励

意志
总在磨练和忍耐中坚强
思想
总在经历和压力中成熟
生命
总在体验和躬行中延伸
生活
总在热爱和付出中精彩
人生
总在进取和打拼中成功
雄心
是成功路上的指南
信心
是永不放弃的召唤
热心
是成功者的胸怀
耐心
是驱赶困难的利剑
责任心
是迈向成功的必然

家，是精神的乐园

万家灯火中
有一盏温暖的灯光
始终为你守候
给疲惫的心一丝心灵的慰藉
没有狂风暴雨般的激情
却有着和风细雨般的温润
让心灵融化在这份浓浓的温情里
家是——心灵的归宿

风雨泥泞中
有一双宽阔的臂膀
无私地为你保驾护航
给迷失的心一丝心灵的温暖
虽没有苍松翠柏般的伟岸
却有着遮荫蔽日的真实
让心灵沉醉在这份淡淡的情愫里
家是——永恒的港湾

荆棘草莽中
有一把遮风挡雨的伞
为你撑起大爱的晴空

给迷茫的征途一丝希望的指引
虽没有生命航标般的明亮
却有着脚踏实地的坚实
让心灵平静在这份触手可及的温馨里
家是——精神的乐园

流星

你 是从我心间
划过的 一颗流星
在我生命的轨迹上
匆匆地划过
一道 美丽的弧线
在黑夜的苍穹中
精彩炫目 流光溢彩
却 转瞬即逝
被时光的隧道掩埋
沉淀在那时空的久远里
惊不起浪花的波纹
留不住任何的印迹
唯有心尖丝丝的伤痕
偶尔会隐隐作痛

人生旅途中，不经历风雨怎么能感受彩虹的灿烂夺目？未经历过艰难险阻，又怎么能感知幸福真正的味道？只要是真实经历过都是一种历炼，都会是一种人格的升华。

莲花的情怀

总在微醺的晨光里
走近你的身旁
你已经积蓄了长夜的能量
在清晨展开笑颜
迎接夏日的第一缕朝阳

一汪清池万重绿卷
延展你洁白娇柔的身躯
如一张绿色的地毯
平铺在湖面上
让你轻轻地舒展
让你缓缓地绽放
你洁白的身姿
凝露般透明纯洁
白纱般轻柔曼妙
一如美丽清纯的少女
在清晨展开雍容身姿
让人怜惜的美
沁入骨髓
深入灵魂

这一片洁白的睡莲
总在睁开的睡眼中
走进每一个清晨的心魂
让我无法
割舍这份浓浓的眷恋
每天因此而走近你
不为采摘你
不为惊扰你
只闻你淡淡的清香
只远远地凝望你
足矣填补每一个清朗的日子
让每天都充满欢欣

因为 你
总会默默地守候着
我的 悄然而往
让每一个日子都
凝满信心和希望的光芒

梦已远离，心魂依旧

时光的阡陌
纵横划过岁月的年轮
春来蹒跚的脚步
踏过季节的轮回
缱绻的思绪
飘满沧桑的留痕

轻狂的梦想
追随岁月的脚步远离
心的痕迹划过淡淡的惆怅
白色的樱花瓣
祭奠逝去的灵魂
落满一地的忧伤

咏牡丹

万绿丛中探出
姹紫嫣红的身影
层层叠叠次第绽放
颔首摇曳卓尔不群

这惊世骇俗的美
为沉闷的办公室
增添了一抹
富丽的芬芳
为这片绿色的天地
装点了一抹
秀色的描摹
为这萧瑟的严寒
陡增了一抹
温暖的情怀
雍容华贵的身姿
婀娜旖旎的倩影
国色天香的傲骨
蓬勃了空间的生机
惊醒了沉醉的痴迷
融化了冰冻的心灵

让心魂 在惊艳中
接受洗礼
如花般绚烂
如花般高洁
如花般坚韧
如花般刚烈
一如勇士的尊严
独立权贵而不媚
傲立群芳而不妖

注：人人都知河南洛阳乃牡丹之乡，有“洛阳牡丹甲天下”之美誉，记得有首“洛阳地脉花最宜，牡丹尤为天下奇”的诗句。其实山东荷泽同样乃牡丹之乡，荷泽牡丹硕大而艳丽，芬芳而醒目，新春佳节，合作伙伴特从山东荷泽托运来牡丹。这预示吉祥，富贵，兴盛的牡丹成了这冬日里靓丽的风景，温暖了心灵，祥和了默契，特以此文记录为感！

宁静的回忆

沙沙细雨淋湿了景区道路
使片片新绿呈现勃勃生机
绿叶上的水珠晶莹而剔透
快乐的心情因为雨
而开始些许的惆怅

曾几何时
这条铺满绿色的小道上
留下过你坚实的脚步

曾几何时
这片绿色的长青藤下
回荡过你亲切的笑容

曾几何时
这座横跨景区的小桥上
留下过你旖旎的身影

曾几何时
这波光粼粼的五里湖畔
洒满你种下希望的种子

曾几何时
这片依依的垂柳
见证过你青涩的时节

而今这一切都成为历史
镌刻在这景区的点点滴滴里
物似而早已人非
仅仅留下这初夏
沉静的夜晚
片刻宁静的回忆

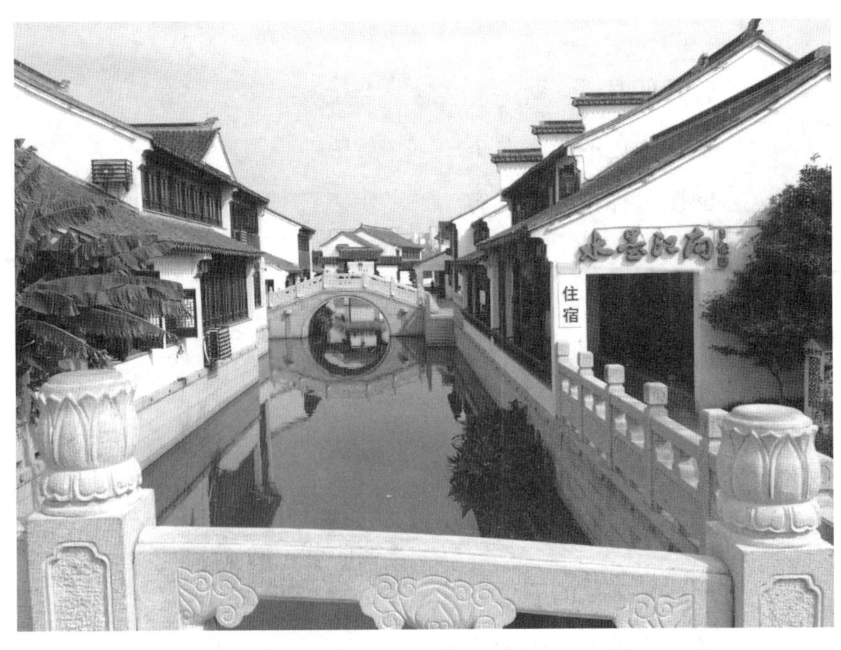

琴忆

浓重的夜色
悠远的背景
一扇明窗里
印出持弓的倩影

这流畅的音符
连夜莺也在倾听
空气为媒
让心和琴共鸣

弯曲的道路
浓郁的树荫
有人走来
音乐般的笑声
如琴音般绚烂
洒满小路的旮旯
让路也弥漫着
跳动的旋律
这无星的夜空
竟是如此充满了诗情
想起了我也曾有过
这如梦的岁月

秋夜醉辞

秋寒满地落英下，无语话凄凉，
暗香盈袖，忧伤随酒殇，
宿醉往事，苦涩如沧桑。

一地秋凉话苍茫，楼台月迷茫，
夜色阑珊，寂寥无思量，
百转千回，蝶舞踺天涯。

清秋玲珑无边明，墨染宣纸上，
撩拨琴弦，浓情在指尖，
旋律漫舞，柔情诉衷肠。

咏蝶

红花绿草间翻飞着
这白色的精灵
挥动着盈盈白袖
翩跹起舞
或与花儿蜻蜓点水般
若即若离
或与花儿长相厮守般
轻吻迷离
或与花儿隔空对望般
遥寄相思
庄生晓梦曾迷蝶
山伯英台化蝶飞
这无语的莺歌燕舞
成为了季节
最灵动的缀饰

秋梦了无痕

轻盈的秋夜
飘零的落叶
轻唱灯火的阑珊
铺满黄色的星光之路
在白茫茫里延伸
无尽遥远
无限缥缈
充满幻想与魅惑
徘徊在梦的边缘
把寂寥与落寞
沉入心底
倾听心灵的颤音
沉静幽深淡漠
一如这秋夜的宁静
伴随夜的寂寥
用那颗蓄满诗情的心
尽诉沉沉哀怨
在现实与梦想的尽头徜徉
拨开心灵之茧
把沉重的盔甲
粉碎在夜色的掩护

轻快愉悦曼妙

是旅人从容的脚步

在超脱的生命之途上

坦然的踯躅前行

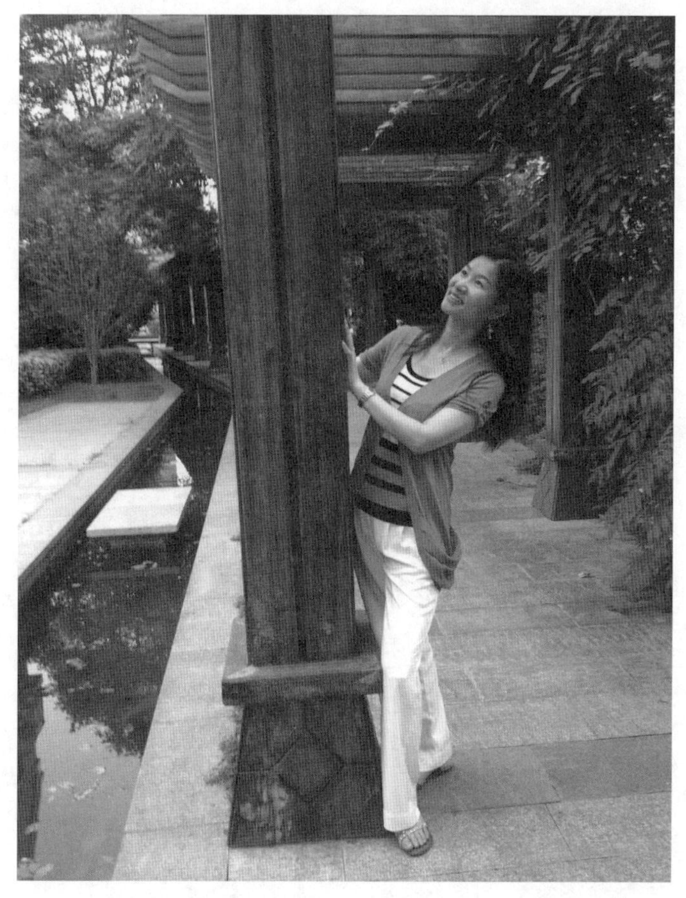

如幻之月

皓月当空
月色如水
这如幻的中秋之月啊
照着你
照着我
用你皎洁的情思
用你宽容的心扉
用你温柔的情怀
照耀着广漠的世界
照射出人世间的悲欢离合

走进你寂寥的梦境
有安详恬美的韵味
悬挂在云霄的你啊
银色清辉弥漫
如素淡的描摹
温婉娴静
让心沉浸在你无际的月色中
清洗掉尘世的烟云
一如你的纯净而清明

这秋夜 独自散步

你将是今夜最柔情的伴侣

遥不可及 但清晰可辨

这遥远的梦境啊

萦绕盘旋

今夜 摄取你每一缕叹息

幻化成往昔的彩蝶

盈满缤纷的色彩

在大自然怀中

融化身心的一切

走进光芒万丈的明天

忆童年

童年
似一张网
编织出缤纷绚丽的色彩

童年
似一首歌
吟唱出纯真快乐的时节

童年
似一幅画
勾勒出五彩瑰丽的线条

童年
似一本书
撰写出回味无穷的乐趣

童年
似一杯茶
飘荡出清悠淡雅的余香

童年

似一道彩虹

幻化出光彩夺目的锦练

童年

似一张织锦

纺织出嫦娥玉兔的神话

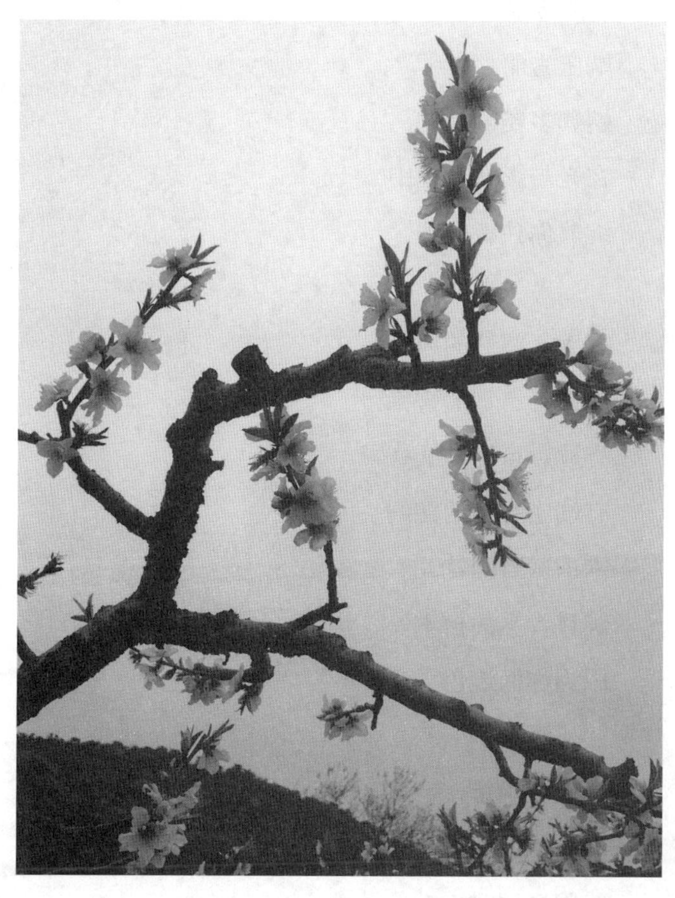

为你而歌

——献给美丽的杜鹃

山崖峭壁间
一株粉色的花儿
独自傲然伫立
娇艳欲滴
端庄秀丽
婀娜多姿
在光与影的重叠中
绽放你独特的美

有大义凛然的风骨
有孤芳自赏的娇艳
有顾影自怜的妖娆
有端庄秀丽的婉约
满山遍野的花儿
满目青翠的树木
因为你而逊色

凄风冷雨里
没有避风的港口
艳阳高照时
没有遮光的庇护

天寒地冻时

没有温暖的烛光

你就如此亭亭地绽放

似一座山崖间的丰碑

以傲世群芳的姿态

阐释了孤独的美

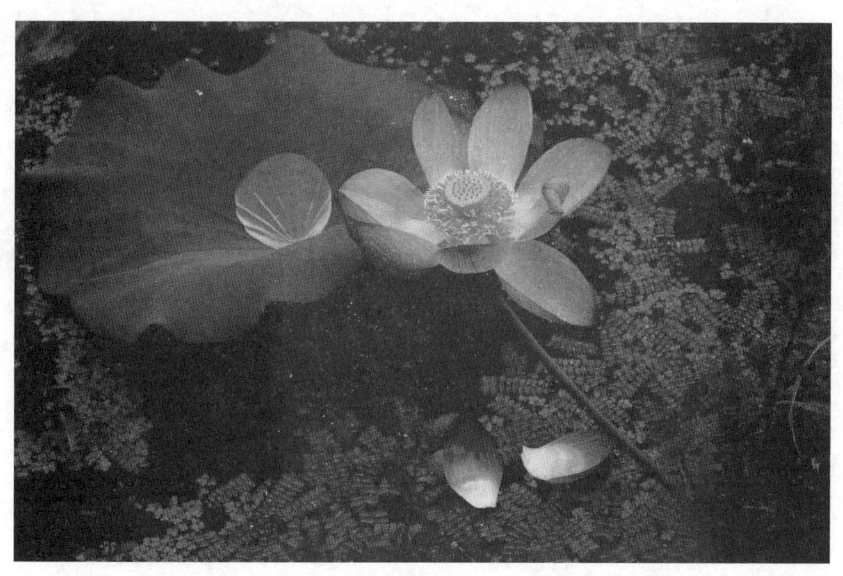

遥远的念想

远方的友人
沉沉的夏夜
沙沙的雨声
啾啾的虫鸣
勾起思绪的琴弦

我叮咛你的
你说　不会忘记
你告诉我的
我也　全部珍藏
对于我们来说
记忆　永远不会发黄

相聚的时候 总是很短暂
期待的时间 总是很长
岁月的溪水边
拾起多少闪亮的诗行
你可知
今夜 我思想的光芒
为你而闪亮
如果你要想念我

就望一望天上的繁星

那里有我

寻觅你的目光

相约在春日的雨夜

与你邂逅
在如梦的季节里
总以为岁月的尘埃
会封住思维的过往
然而
只需要轻轻触碰
那曾经的心弦
再一次
再一次被拨动
忽如这初春的雨夜
有些许微寒
依然冰冷的心
让红色的液体
将麻醉的神经中枢
一点点 一点点
融化成空樽独饮的惆怅

再一次隐隐作痛
如划过夜空的流星
曾留下眩目的瞬间
却让心灵相约在这

春日的雨夜

成就了这一生凄苦的守候

寂静的秋夜

微凉，乘风，漫步，
秋虫，呢喃，欢鸣，
拾一片枫叶，心染嫣红；
盈一抹柔情，轻盈细软；
携一程秋霜，纯净凝白。
漫卷夜的诗行，浅斟秋的薄酒，
于季节深处阑珊秋夜静谧的浪漫。

摇曳的枝桠荡起涟漪，
深邃的天幕泛起月白，
朦胧的云雾晕开柔情，
风拂栈桥边，云起枫林晚，
秋夜，带着清凉的露，
携着清秋的寒，
入静入禅，入心入梦。
月光氤氲的心灵，
静放一片纯净与淡然。
身上的阳光，心中的月色，
云水般的柔情与潋艳的温暖，
荡漾在月华如练的纯净心扉。

生活之美

生活点滴之美
不仅映现你眼里
也镌刻在你心里
那一低头的温柔
如一缕情思破云海
惊艳了时光
从容了岁月
沉淀了年华
浸润了身心
凝眸花瓣艳俏
倾尽了五彩斑斓的念想
碎碎念念落满心间

如水的日子
在文字的灵动里悠扬
如流的时光
在季节的流转里浅吟低唱
如幻的光阴
在水墨的韵致里淡抹浓妆
莫负刹那风华
莫负锦瑟年华

醉在夕阳西下时

天空把最后一抹靓丽
留给了云彩
风儿把最后一缕夕阳
留给了人间
夕阳把素色的云儿
撩拨得妖娆多姿

我赶在夜幕的前列
为暮色前的绚烂
精彩日子的华美
为秋夜前的璀璨
摄下明丽乐章的喝彩

经历诠释生命

生命中每一种体验，
每一次经历，每一个过程，
都是限量版的历程。
用真心去体悟，用爱心去参与，
生活之美意由心中荡漾开来……
浸润身心，禅意之花静静绽放，
诠释着日子的美好，
诠释着心灵的美好。
女人之美，美在内涵，
女人之美，美在气质，
每一个女人如一朵朵美丽的鲜花。

用纯净的眼光看世界，
世界就是单纯的，
用淡然的方式去生活，
生活就是宁静的，
用平常的心看待得失，
人生就是轻松的。
岁月蹉跎，苦倦无果，
不言心累，不诉烦恼，
不为风光，不为炫耀，

只为心底那份执着，
只为找回心灵的真我。
人，活着就是一种心情，
心中有份惦念，是一种充实，
心中有份坚持，是一种富足。

迎着阳光奔跑，
阴影永远被你甩在身后；
迎着欢欣行走，
阴霾永远被你弃在远方；
迎着拼搏前行，
幸运总围绕在你左右；
迎着信念行动，
成功总在不远的前方守候。

文字的韵味

喜欢文字平仄的韵律
爱好墨香迎风的富余
喜欢记录生活的点点滴滴
不为证明 不为表白
只为在老去的路上
可以偶尔回首
洒满汗水与奋斗的旅途
曾经精彩纷呈
曾经沧海桑田
都付文字云烟里
回首是如此丰饶而幸福
串起生命丰盈的珠链
且行且思且悟且忆

空中的玫瑰

遥遥盛开于云端
是那怒放的玫瑰
漫卷如絮的洁白云彩
是她娇艳的陪衬
泼墨如玉的碧蓝天空
是她天然的屏障

盛世绽放的生命
兀自开放在遥远的天际
搭上云梯的翅膀
美艳动人绚烂多姿
犹似美轮美奂的海市蜃楼
遥不可及高不可攀
盛开着经世孤独的美

俯瞰世间百态
俯视人间众生
盛开于意象中的经莲禅语
演绎着生活的万种风情
俯不可及低不可触
积攒焦虑与哀伤的凄美
独立于云端高耸于人间

七夕之月

月华如水新月如钩
繁星点点闪闪烁烁
雨后的苍穹格外明净
晚霞的影子依稀的红晕
渲染天空的纯澈

静谧道路夜色迷离
蛙鸣阵阵入耳鼓
牛郎与织女的传说
藏在星星神秘的眼里
那凄美的爱情故事
演绎成今日商家的作品

今又七夕月华如练
树影重重层层叠叠
透过树影斑驳的月色
含羞成缠绵的银河
晕染天空广袤的深邃
今夕是何年
何年又今夕
光怪陆离的七夕之夜

传播着爱情的真挚
传颂着爱情的美满
亦掩饰着蛮荒的价值观

时代赋予人们的信念
逐渐掩埋在历史的尘埃
心中有情每日如节
心中有爱每日多彩
心中有景每日绚丽
模糊节日的定义界限
绚烂生活的乐章华彩

与筝和鸣

我的琴弦拨动在自己的心上，
一声声，一弦弦，
如诗如画，如歌如诉，
静若寒蝉里，
唯有旋律激荡在心扉，
扣动心灵的节拍，
敲击心灵的乐章，
将埋藏在心底的心事，
一丝丝化成跳动的音符，
激越成水墨画的篇章，
描摹成心底的禅画，
无欲无求，清心明性。

悠扬的筝曲从指尖滑落，
心随弦乐而澄静，
洗涤心灵的曲声缓缓流淌，
有一种感动，
或让人潸然泪下之感怀，
或让人轻盈透彻之愉悦，
或让人飘飞云海之轻盈，
或让人翻飞跃动之轻松，

深入骨髓的凄美如绝世的禅音，
萦绕在耳际，飞翔在心间，
彻骨的天籁之音，
让心在灵动柔软中提炼升华，
让烦躁疲惫的灵魂安歇与舒缓，
让美丽的心房纯净水润与通透。

一曲旋律，一首歌谣，
温柔的声音溢满心扉，
让心安静下来，沉静下来，
细品生命的成熟和深沉。
做人简单，真挚，纯洁，
留几分少年的天真与童心，
坦率保持一点侠义之情。
快乐，开朗，坚强，温暖。
期盼在生命的下一个轮回里，
依然守候着每个日子的起落，
守候日出日落的循环往复，
守候花开花谢的自然而然，
一季花开，遇见，便是圆满。
一次回眸，微笑，便是幸福。

静待花开

收藏一切的美好在心间，
让心的储物柜越来越丰盈，
是时光积淀的平和，
是岁月磨砺的坚韧，
是流水轻逝的柔美，
草木飘香，鲜花妖娆，
书发墨香，轻风飘逸，
漾满心扉的静美与安然，
静里藏真境，淡中识初心。

徘徊在季节的深处，
用一颗诗意的心，
咏一曲年华苍茫的赞歌，
书一首春夏秋冬的隽永诗篇，
携一种宁静简约的情怀，
描一幅花香四溢的水墨，
融入时光葱茏的气息，
作别天边最后一抹华彩，
静待彼岸之花开放在期待者心间。

光阴的渡口

光阴荏苒，站在季节的枝头，
携一颗简约的心，
与时光对望，用淡然濡墨，
把一段段风景，
静写为流年安稳。
紫藤的气息，是一股芬芳馥郁；
草色盎然，又是一份明媚诗意。
轮回的四季，
在这里又看到了别样的精致，
我浅浅执笔，
将积蓄了一夏的心事许一份安暖，
醉化成一纸隽永的柔情，
挂于岁月的眉梢。

雨一直下

秋日的雨一直下，
淋湿路面，淋湿旅人的心，
秋雨总带着忧伤的心绪，
滴滴答答随落叶飞舞。
行走秋雨的清晨，
无边落寞的情怀。
繁忙的日子，计划过的生活，
有条不紊流失的是，
往事如烟沧桑的记忆，
错过，终究错过，
无言的结局，
送给再次的邂逅，
相遇是缘，无语亦缘，随遇而安。
越来越怕麻烦，
越来越崇尚简单，
也许心态真的开始淡泊，
也许经历真的让人宁静，
去繁从简，简单沟通，坦率沟通，
不必花费太多的时间去揣摩，
该成的事，自然而然会成就，
不该成的事，再努力也枉然，

不如一切随心，一切随意，

从容自若地度过每一个日子，

让灿烂的笑容绽放在每一个清晨。

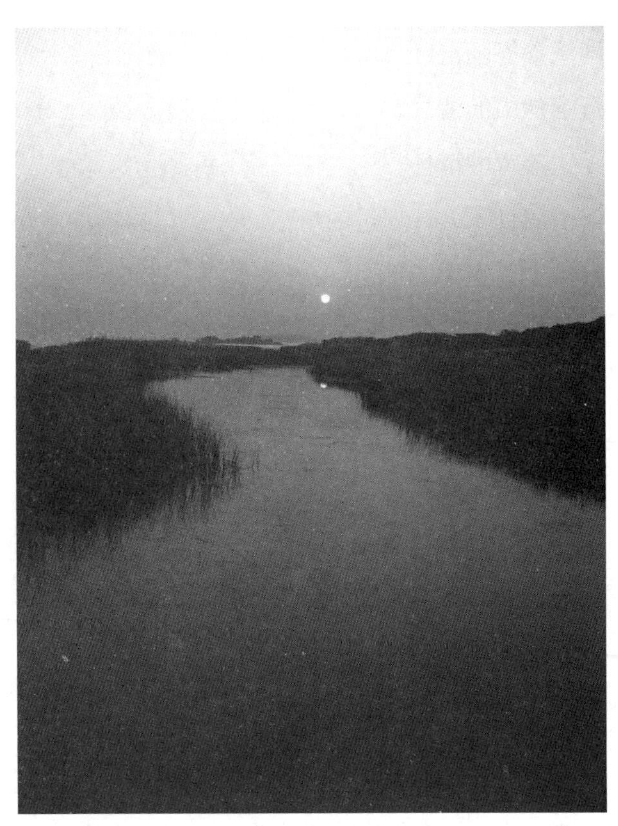

紫薇寄相思

丛丛紫薇，丛丛心意，
丛丛浪漫，丛丛怀想，
绽放在初秋的风里，
开放在浅秋的风景里，
缀满串串紫色的梦境，
携带人生美好的念想，
串起时光彩色轮回的记忆，
一天天，一年年，
不期而至，不期而遇，
犹如心中的思念，
一点点凝集，一点点积聚，
成浓烈的花球开放在深深的心海。

酒绪

酒不醉人，人也自醉，
一曲旋律，一首歌曲，
往往触动心底的柔软处，
勾起往事如烟的回忆，
夜阑人静，冲进心底的
依然是那份深深的眷恋，
赶不走，挥不去，
渐行渐远的路，
渐行渐远的背影，
模糊于时光的轮回处，
无悔于前路，无忏于前世，
从容走未来吧，
暂时的艰辛会照亮
前路的光芒，
坚守心底的信念，
执着前行。

梦回天涯

梦回天涯，
天涯于何处回眸？
伫立烟花的尽头，
蓦然回首，
掩不住的心酸在心头，
忘断天涯无归路，
何苦，何苦
烟花尽头相思伫，
回眸一笑恩怨消，
淡泊年华迷雾重，
均赋青烟朦胧中。

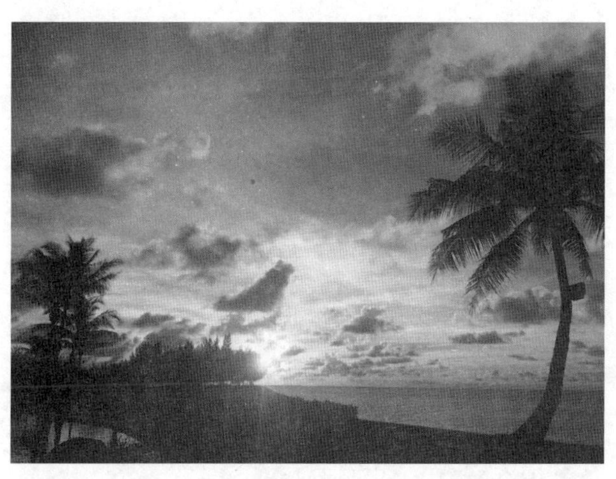

生命的航船

生命是一艘遥远的航船
飘摇在人生的大海上
迎接旭日初升时的欣喜
体会如日中天时的升腾
送别夕阳西下时的新生
每一次航行　每一片蓝天
总有生命升华的力量
积蓄在心间　润泽在心灵

风平浪静时静听
海风悠扬的号角
吹抚在聆听者心间
品赏四季风景的秀丽
绽放在观赏者心灵
海纳百川　宽广博大
是你襟怀容积的肚量

疾风劲雨时　勇敢
迎接风雨兼程的洗礼
因为　你是
自己生命航船上

唯一掌控航向的舵手
无从选择　无从逃避
唯有奋勇拼博向前　向前
冲破风浪　突破自我
全新的日子　新生的生命

让每一种生命的体验
让每一种经历的过往
提升生命价值的历练
积聚人生磨砺的意志
凝结人生铸就的丰碑
于每一个现实当下
成就生命每一程的辉煌

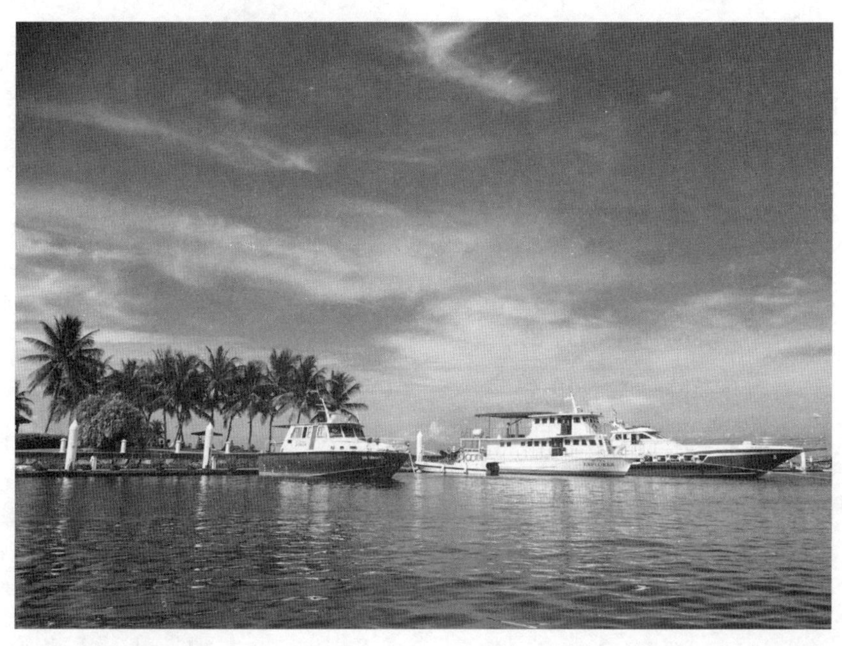

花痴

清晨路遇一串藤廊，
一树花开，一群蜂绕，
热烈芬芳雅致地开放，
蜜蜂不辞辛劳地环绕，
蜂盈花间，花随藤妖，
一树繁华，一丛炽烈，
浓烈蔓延成花与藤的故事，
悱恻缠绵成蜂与花的痴恋。

动静相宜

静时休止动时观，
动静结合心相连，
念中自有菩提意，
喜乐心花顷刻开。

雨中品禅

清风绕窗棂，晨鸟鸣笛谣，
夜雨洗翠色，滴滴欲还休，
一念心似玉，清净如细雨，
素色盈禅意，莲花意中秀。

清晨小语

走过一段路，赏过一段景，
清风习习，凉爽宜人，
依依垂柳，摇曳不息，
沉沉睡莲，静卧浅池，
点点雏菊，缀满林间，
嫣嫣蔷薇，铺满路边，
集自然万物精华于心间，
融世间花草灵气于呼吸里，
随瑜伽的旋律放逐身心。

生命的境界

虚，极，静，笃
生命追求的四种境界，
心如泰山，安之若素，
心纳百川，淡然处事，
心容万物，谈笑鸿儒，
便能阅尽繁华，宠辱而不惊，
过尽千帆，胜似信步而闲庭。

相伴

与山川相伴，可以谦卑。
与鲜花相伴，可以美心。
与湖水为伴，可以平静。
与绿草相伴，可以透明。
与音乐相伴，可以洗心。
与书本相伴，可以纯净。
与自己为伴，可以倾心。

清晨絮语

把时间的碎片串联
成晶莹剔透的珠链
徜徉于清荷莲叶里
行走于林间雏菊中
漫步于湖堤柳荫畔
纳自然景物之灵秀
静养心灵滋养心怀

花与叶

一树繁花，千里飘香。
一丛妖娆，数种风情。
一叶菩提，万般禅意。
此花非花，此叶非叶。
花似经莲，叶似般若。
心藏婆娑，意念皆佛。

秀美江南

秀美江南，白墙黛瓦，
廊檐飞壁，烟雨楼台，
一草一木，一树一梅，
一花一禅，一念一心，
美景熏染，心静则明。
入定入静，入禅入心。

明月怀想

一轮明月悬苍穹，
万古清秋梦与同，
彼时共筑相思梦，
此刻擎泪问影憧。
嫦娥遥寄思念意，
秋随落叶飘红枫，
念赴流水逝往昔，
冰雪消融月桂逢。

尽日寻芳早

阳光漫溢诗酒花，
脚步闲适温馨加，
箫声悠扬诉衷肠，
春色陶醉波心漾。

月光下

明月高悬乌云遮，
苍穹深邃蛙声鼓，
夜黑树影婆娑意，
来去无影怅惘心。
一窗红烛剪身影，
碎碎念念凡尘事，
浅析畅叙总曾经，
今生笑谈未来境。

烟雨迷蒙

烟雨江南，淅淅沥沥，
滴滴答答，缠缠绵绵，
细密的雨丝，编织着紫色的梦幻，
淅沥的雨滴，沉醉了紫色的眷恋，
轻浅的雨声，低诉下紫色的诗行，
一帘幽梦，一袭忧伤，一幕婉约，
随雨飘逝，才下眉头，却上心头。

紫罗兰

芬芳紫罗兰，
芬芳着时光的明媚，
芬芳着岁月的静美，
芬芳着子午的归线。
追寻一个个浪漫的梦幻，
诠释生活凝结的情怀。
一一于紫色的凝重里沉湎。

春色

绿杨荫里橘花绽，
星花点点缀笑颜，
最是一年好春色，
枫叶红红喜潋滟。

雨中杜鹃

雨中杜鹃，款款娇羞，
水滴凝聚，颗颗似珠玉。
樱花飘，凝结成粉霜，
杜鹃放，绽放成鹤状。
帘外雨潇潇，春意阑珊时，
阶上心凄凄，叹花犹落早。
落花春常在，雨中风景独好。

紫藤花开

紫藤花开，
开放一个个紫色的梦幻。
紫藤架下，
悬挂一丛丛紫色的呓语。
紫藤花中，
盛开一串串紫色的浪漫。
高贵，典雅，神秘，
交织，纵横，相连，
不娇不媚，远离喧嚣，
不离不弃，轻盈安静，
悄然绽放冷艳之美。

姐妹闹春

鲜花簇拥竞妖娆，
姐妹相聚红尘笑。
姹紫嫣红恋春风，
情义无价芳华超。

桃园偶遇

桃花园里沐春风，
笑颜尽展喜悦颂。
人面桃花相辉映，
游子相逢笑颜重。

春早寻芳

春早悠然觅芳踪，
行至庭中数花朵。
踯躅驻留摄花魂，
千娇百媚入镜中。
人间四月众芳绽，
犹喜幽径得香梅。
玉容不失月季秀，
芳华依旧笑春风。

人与自然

山川与湖水的相濡以沫，
湖水与虹桥的唇齿相依，
柳枝与湖岸的两两相望，
梅树与绿枝的形影相随，
是大自然和谐共处，
和谐共赢表现，
人与自然一定也能够做到和谐共存。

踏春早

山川巍峨柳幕遮，
湖水平静犹镜台。
鸟语欢欣迎春来，
花香肆意近琼海。

依窗望月

独依窗前望月影，
一地清辉两相忆。
心醉深池思故知，
林间清风传佳讯。

与书为友

书是琴瑟，书是知音，
书是良师，书是益友，
安静地读书，品享文字的香润，
如品一杯香茗，淡然中意蕴隽永，
静默中雅致如画，纯朴中细腻醇和。
任岁月风染，时光荏苒，
书香与时光的融合，自然贴心，
越久越靡香，越久越醇厚，越久越淡雅。

寻春

梅子含笑报春早，
枯树杂草独梅显，
暗香浮动惹人怜，
红装素裹艳澜天。

蠡湖水暖

静水流森泛轻漪，
蠡湖水暖鸭先知。
聆听鸟语感春来，
湖光山色喜相迎。

晨语

念随白云飞，
心似水澄明，
意了无牵挂，
天地空明净。

元宵心影

咖啡鲜花舞翩跹，
元宵美酒亮心影，
灯火辉煌迷人眼，
月华如水尽娱欢，
柳絮浅影飘欲仙，
春色满盈慕华年，
回眸浅笑展新容，
姹紫嫣红思来寰。

飞雪庆生赋

阳春白雪飘蠡湖，
亭台楼阁显灵秀，
远山如黛雪如絮，
纷飞零落画中游。
兄弟姐妹聚会馆，
欢乐祥和漾餐桌，
新年伊始共庆生，
喜笑颜开同欢悠。

叶上画竹

叶上题竹寄情思，
亭亭玉立挺且直。
红叶飘零念无续，
罄竹难书游子志。

品茶问禅

人生甜苦各由心，
不必刻意求任性。
茶雾袅袅何所思，
禅茶氤氲忆温馨。
一盏茶来细品茗，
香魂自从味中寻。
茶香飘飘然欲仙，
忽闻韵律踏歌行。

草径寻芳

草径幽深寻芳踪，
忽逢桃源迎面来。
密林深处好蔽日，
难掩光阴泻霞彩。

成功

成功是一个信念，
成功是一份信仰，
成功是一种执着，
成功是一种坚持不懈的力量，
成功是一种奋力拼搏的勇气，
成功是一种勇于探索的精神，
成功者一定是正直、无私、宽容、仁爱、利他之心者，
成功是一个对自我的认同与肯定，
无论做人做事皆适合以上法则，
人人渴望成功，你是否拥有以上特质？

清秋禅语

长空落日泛清波，
山云当幕世事悠，
青松碧涧各千秋，
静坐绝虑忘全忧。

咏竹

有节骨乃坚，
无心品自端。
几经狂风骤雨，
宁折不易弯。
依旧四季翠绿，
不与群芳争艳。

梦怀四季

秋染枫红松愈青，
氤氲遮雁云里鸣。
寻墨犹怀春草绿，
奈何迟暮夕阳红。
夏满荷塘香十里，
只余芦荻傲苍穹。
待到寒云飘瑞雪，
还我童年冬夜梦。

中秋望月

中秋赏月却无月，
月在心中胜天边，
明月遥寄游子情，
遥遥无期胜有期。

轻舟双影

悠悠漓江清水流，
缓缓轻舟泛清波，
君立船头漾双桨，
妾自船尾青丝拨。
水纹荡漾鱼水情，
连绵清秀两岸景，
静谧渔舟画中游，
红白相对化蝶飞。

幽兰雅媛

古风雅韵舞琴瑟，
琼台仙阁藏精灵，
素弦女子坐鸿桥，
巧目盼兮听语聆。
高山流水筝和鸣，
银河彼岸思君归，
岁岁年年思不悔，
脉脉笙歌咏天明。

望乡

乡村乡土寄乡愁，
话山话水游子情，
一颦一笑俱欢颜，
一树一墙桑梓景。

水乡春色

亭台楼阁伫花荫，
小桥流水漾轻舟，
漫山遍野浸桃红，
水乡春意漫心怀。

望秋

远山如黛叠重伫，
朝阳似火微露醺，
水波潋滟绿意浓，
一树青翠立水中。
轻舟暂泊微波里，
静卧如画饰泼墨，
山水相依秋浅露，
树舟遥吟佳节时。

梦话夕阳

夕阳的余晖
染红了整个天际
少了　初升时的炽烈
多了　落下时的柔美

无声无息的
温婉着　旅人的心魂
跌宕着　游子的思念
朦胧着　行者的情怀

岁月蹉跎　流光易逝
穿过风雨之墙
越过雷霆万钧
天际的最后一抹华彩

残阳如血　红阵迷影
点破晚空的澄碧
晕染晚空的清明
让温暖的眷恋 蔓延

和七夕

又是一年七夕至，
天上彩虹成双影，
莫道双虹无情义，
哪得人间几回圆？

秋语

旷野含空远，
青纱带露寒。
秋蝉藏叶下，
溪水绕村旁。
踏入桑麻院，
擎来琥珀光。
曾经多少事，
共待菊花黄。

海市蜃楼

苍穹突现海市楼，
大雁相继腾飞落，
竟无安身栖息处，
方知缥缈皆虚空。

荷塘雅韵

烈日炎炎工作途，
荷韵悠悠惑眼球。
停车赏荷荷不语，
粉面含羞秀艳姿。
借问荷仙与谁同？
只见清荷不见君。

月下粉桃

平湖明月悬苍穹，
粉面桃花遮羞容，
欲问远山呈何色，
一片银练月色浓。

雨后荷塘

依依垂柳伴荷塘，
玉莲出水俏娇娘，
落音缤纷声幽怨，
送去长歌曲留香。
野鸭游弋碧波漾，
燕随箜篌久绕梁。
雨后初霁斗墨绿，
空蒙山水入心窗。

山涧

怡然自得下山路，
山涧淙淙伴我行，
山色俊逸水如练，
山水相依显灵秀。

目光

有一种目光
躲，却躲不掉
像春日里的柔风
像夏日里的清泉
像秋日里的小雨
像冬日里的飘雪
带走你深深的思念
注入你窗口的湖泊
这将是心灵的慰藉
爱心的思索

灯下凝思

扫去心上尘，清澈水中月。
红尘因缘聚，善念满人间。
赤诚与忠心，永结菩提子。
明心终见性，万物皆静心。

情系姐妹峰

碧海青天蓝澈底，
情真意切思无忆，
绿荫华盖遮蔽日，
心花绽放禅宗立，
缘随此刻逐尘溢，
观泉动静赏妙音，
欢欣伴人笑鸿儒，
天涯同在心自熠。

依梦心飞扬

衣袂飘飘望天涯，
白帆点点心飞扬，
群山绵绵无绝时，
红梅轻放迎月华，
梵音阵阵击耳鼓，
余音袅袅敲心房，
浮云缕缕思念雨，
烟卷楼台天水长。

拈花小语

拈花似美玉，爱意心中留，
浓情与蜜意，深潜花蕊丛，
朝朝与暮暮，倾诉相思梦，
今日终相逢，誓将花语诵。

丹桂飘香时

满城桂树尽飘香，
沁入心肺心亦香，
此花哪堪君折之，
桂树折冠花亦香。

禅茶相知

一盏茶里藏颗心，
一片叶里潜着情，
清新淡雅香气袭，
洗心澈肺呈空灵。
一朝悟得游子意，
一夕偶拾禅宗行，
拂尘轻拭尘埃尽，
明心见性莲花映。

落叶秋思

深秋落叶渐次黄，
阳光漫溢金域香，
层林尽染青草荒，
枫叶飘红思念想。
遥忆当年旧时景，
笑看今朝新风光，
芳华不惜当年诵，
前程锦绣梦亦香。

吾与莲

荷叶田田知吾心，
莲花亭亭懂吾意，
吾与莲花相知悉，
莲花与吾同相忆。

遇见善缘居

善缘居里结善缘，
茶如生活亦似茶，
素斋养身也养心，
禅茶相合意念同，
亭台小榭细品味，
青杯素栈飘禅意，
精雕细琢妙中罄，
邂逅友情话相逢。

拈花思秋

低头拈花花无语，
抬头问云云无言，
雨落飞扬凝情思，
秋深遥寄相思意。

中秋晨景

月季飘红满中秋，
妖娆秀貌佳节时，
紫薇喷泉映胜景，
水注若练潇洒挥。
晨曦联接心欢喜，
觅得轻荷池中溢，
柔风送爽心逍遥，
廊桥雀跃童趣里。

参悟得失

去留本无意，得失皆随心，
红尘多劫数，意念聊无常。
念随心愿飞，心随念意转，
世界多少事，皆赴云烟灰。

月下凝思

皓月当空明心性，
丹桂飘香醉浓密，
秋虫夜寂齐歌鸣，
曲调悠扬庆佳节，
泉水叮咚玲珑心，
溪流潺潺游子情，
亭台水榭染默韵，
欢声笑语传佳讯。

秋夜月吟

一弦明月悬心间，
万古长空刹时明。
清凛衷曲盈满怀，
静夜清秋对月吟。

夕照流岚醉千秋

晚霞流岚醉光阴，
青云直上云霄里，
经年且作夕阳词，
椰风光影水中形。
暮色苍茫云万千，
如诗入画天籁音，
颐养眼心身盈轻，
沁入心怀尘缘灵。

忆 莲

西子湖畔夜迷离，游子念中风景异，
遥想当年莲荷盛，无奈时速断君意，
空忆满池翠如玉，粉嫩裙裾娉婷起，
何故苦叹无缘见，来日再叙情满溢。

思绪如烟

禅在心中尘难扰，
水清月明乐自陶。
功名利禄似轻烟，
潇洒自如心逍遥。

诗中有韵律成行，
心怀情谊花亦香，
浓墨重彩音入画，
淡泊宁静意深藏。

紫色情怀

一缕春风寄情丝，
一袭香群展身姿，
一幕香紫浪漫意，
一帘幽梦同追忆。

致天平山红枫

你，如一团火，
燃烧　在我胸。
你，如一片情，
氤氲　在我心。
你，如一场恋，
思暮　在梦魂。

无论　见或不见，
你，总在那里闪现，
光耀　你显赫的战绩。
无论　信或不信，
我，总念你一世情缘，
沉醉　你甜蜜的箴言。
无论　念或不念，
你，总镌刻在我心里，
烙印　了你思想的足迹。

相伴　趟过相恋的河流，
携手　走过思慕的年华。

梦里花海

梦里树下几春秋，
心尖花海春依旧，
眼中风景醉心头，
如今浅斟薄醇酒，
灯下浊影尽欢偶，
忆携手，
夕照流虹情相就，
心在夕阳终有。

第二篇章　散文

春天的色彩

春雨贵如油，润物细如酥，夜听春雨声滴嗒，心随春雨被融化。雨，滋润万物，青翠欲滴的绿树，娇艳欲滴的鲜花。雨后清香的气息，清新纯净的空气，还有那撑着油脂伞，丁香般结着愁怨的姑娘，徜徉在悠长的雨巷，随雨一股脑儿涌现，凝结成雨落飞扬情怀，温润心扉。

辽远，空旷，碧蓝的苍天，淡淡的云彩似白色的帷幕，碧绿巍峨的山川，依恋着一湖平静的水，粉红的月季星星点点，在丛丛碧绿中绽放独特的美，野鸭戏水，群鸟和鸣，且跑且拍且欣赏，家乡之美尽在眼中，一言难尽。

白墙，黛瓦，马头墙，墙墙相连；拱桥，流水，亭台楼阁，阁阁辉映；樱花，木槿，山茶，春梅，花花互联；最是一年好风景，随处栖息随处景，其实风景不必远寻，近在咫尺亦可如天涯海角之美，全然在于寻美的心境。

沉醉二胡曲

大德堂，一幢掩映在绿树中的小楼，一幢背倚惠山的小楼，一幢古色古香的楼宇，洋溢着浓浓的艺术氛围。很早就听说这里的故事，听说这里传承着无锡传统艺术，听说这里有一批知名的艺术家常来无偿演奏。

经历多次寻找路，问错人，走错路，走进大德堂，一种如释重负的心情，一种寻找好地方必须经历磨砺的成就感，被扑面而来的儒雅之风所熏染，一条狭长古朴的茶桌，一台古筝，一白色瓷雕二胡女，一副对联，一幅幅画，把环境渲染得优雅而娴静。

近距离聆听二胡演奏，悠扬的旋律响起，让音乐的旋律荡漾在心扉，心渐渐随音乐而舞动。如痴如醉里，仿佛是一首往事的歌谣在传唱。如影随形里，仿佛是一场唯美的戏剧在表演。感动一点点随音乐蔓延，不知不觉泪盈眼眶，这是音乐艺术带来的神韵与感染力。

《二泉映月》，描绘了一幅，明月松间照，月华晕染泉水，水声潺潺叮咚，顺流悠扬而下的美轮美奂画面，如泣如诉，余音绕梁，婉转悠扬。

红楼梦主题曲《汪凝眉》,“一个是阆苑仙葩,一个是美玉无瑕,若说没奇缘，今生偏又遇着他，若说有奇缘，如何心事终虚化”,悠扬的旋律想起，眼中仿佛浮现出宝玉，黛玉鲜活的形象，脉脉含情，眼眸传递着美好，一段传唱千古的爱情传奇，在二胡在神韵里生灵活现于眼前，让人不禁被美好的爱情所感染。

《赛马》，欢快的乐曲如奔腾的万马，high 翻了人们，情不自禁随节奏而踏歌击拍。让人们从悠扬中转为欢快，轻快的旋律，心扉如展开的花朵般愉悦。

二胡，扬琴完美演绎的琴瑟之音，天籁之音回响在耳际，久久不能忘怀，又一场音乐的盛宴，走出大德堂才想起没有吃晚饭，这样的音乐精神食粮,废寝忘食而不悔,这就是音乐带来的无穷魅力。

甜蜜的释迦情怀

又见释迦，忆起去年愉快幸福的台湾之旅，释迦那浓浓甜蜜的味道在味蕾间随记忆舒展，野柳地质公园造型各异的地质奇观，夕阳西下的花莲海滩边飞舞的浪花，烟雨迷蒙下的日月潭……一次旅程总有一些刻骨铭心的记忆，有一些温馨美好的记忆，丰富着人生的旅途。

与释迦一见钟情在那年的台湾游，与好友徜徉台东熙来攘往的夜市，人手一捧释迦，回酒店后迫不及待，那丝丝入扣，沁人心脾的甜，永远留在记忆心底的甜蜜，成为萦绕心头的永恒念想，再见释迦时已然无法重回过去，时过境迁，甜蜜依然，快乐依然，幸福往往只是一种感觉。

其独具匠心的形，与佛祖有缘的名，仿佛冥冥之中的姻缘存在心间。留在记忆深处成为朝思暮想的情结。

特别的LOVE,浪漫的爱

特别的日子，特别的心情，特别的爱意洋溢在心间。再次来到长兴泗安薰衣草园，尽情挥洒心情，尽情放逐身心，尽情与满满的花海，与花儿同语，与花儿同乐，与花儿同行，与花儿温馨成午后的浪漫情怀。

恋上薰衣草，恋上这幕紫，恋上这份浪漫与温情，恋上这一帘紫色的记忆。一簇簇花儿如一个个紫色的花球凝结成一枚枚小小的绣球，仿佛种下的一个个相思的豆，一个个相思的梦。

不需要去普罗旺斯，一样可以欣赏到浓浓的薰衣草田园风光，一样可以圆你心中的薰衣草梦。在自己身边亦有，听说人群络绎不绝，打消了欣赏的欲望，加之去年欣赏时无法与泗安这里相比拟，故更没有了欲望。

这一片薰衣草园较之去年规模宏大，停车场下车入口处，白色的法式门廊上缀满绿色的藤蔓，白绿相见，分外醒目。道路两边，种满紫色的常夏石菊，大红色的石菊以及各色波斯菊，将道路如铺满鲜花的锦绣般繁华，让你不禁停驻脚步去细细观赏波斯菊的袅婷与妖娆，带着水珠常夏石菊的娟秀与羞涩，石菊的热烈与奔放。欣赏花儿之美，犹如欣赏一个个风情万种的美女，令人赏心悦目。

泗安风情薰衣草园的白色标识依然醒目，路边加上了四座白顶木质凉亭，游客们悠闲自在地喝茶聊天，甚是自在。远处马路边架起一架紫色的天桥，把路南路北连接在一起，打造起数百亩薰衣草地。

走进南边薰衣草园，尽管雨后的道路有些泥泞，迫不及待走进田间，投进满园薰衣草的怀抱，闻着幽幽的清香，不知不觉醉在田园间，与花儿绽放成一道道风景。

远处碧绿的山川连绵不绝，如一条条翠色的玉带，巍峨横亘，一片片紫色镶嵌其中，灵动悠然，优雅知性，山坡上一陇紫，一陇绿，紫色的梯田吸引追寻梦想的脚步。

因时间充裕，放慢赏花的脚步，与好友缓慢徜徉在花海里，不放过每一片风景。如满园尽紫，让人有审美疲劳，聪明的设计师，把一个个凉亭设于紫色中，把一张张赋予个性的红色，原木色，白色凳子，随意散落其中，甚至高大风车，大黄鸭，红色大伞，大红love……这些缀于紫色中，让这片紫色有了灵气之美，生动之美，活泼之美。

心存紫色，心存浪漫，心存美好，这份紫色 Forever 于心中，天荒地老永不磨灭，永不忘怀，永远怀恋。

来自女人节的音乐盛宴

女人节，聆听民族乐器演奏散发出的独特魅力，享受音乐带来的荡涤心灵之美,“东方魅力”女子民乐组用二胡,琵琶,杨琴,笛子,古筝或独奏，或合奏，演奏出一首首耳熟能详的曲子，各显其独特的旋律之美。《渔舟唱晚》《春江花月夜》《十面埋伏》名曲荟萃，曲曲摄人心魄，曲曲震撼心灵。“此曲只为天上有，人间哪得几回闻？”是音乐带来的无穷魅力，萦绕在耳际，久久回味。

第一场旗袍；勾勒出女子妖娆的曲线之美，民族乐曲描摹出东方女子贤淑，知性，优雅之美。

第二场汉服；端坐乐器前，手波柔美，长袖飘逸，尽显女子飘飘欲仙之美。琵琶有着喜剧的张力，刻画人物。

第三场现代服饰；红色现代服饰在民族乐器前显得有些不伦不类，民族乐器演绎现代曲目《明月千里寄相思》，以现代乐曲为背景融入民族乐器，听来耳目一新，韵味十足。

琵琶名曲《十面埋伏》描写公元前楚汉争雄，万马奔腾，短兵相接，挑茅厮杀，十面埋伏，你死我活的战争场面，静静的剧场唯有音乐在流淌，所有人沉浸在战争的紧张，激烈，残酷之氛围中。

筝鼓和鸣是第一次欣赏到的音乐合奏方式，鼓点的激越，筝曲的悠扬，居然珠联璧合，演奏出了唯美的曲目。

最后一首合奏《黑眼睛》让我想起;黑眼给了人们黑色的眼睛，这双眼睛因为音乐而澄明的名句。

在音乐的洗礼下，生命仿佛在乐曲中飞扬，在乐曲中升华，在乐曲中激越。

灵动的文字歌谣

喜欢文字的人像一首轻柔悠扬的歌曲，清新素净，雅致清淡；犹如绸缎中绣上去的白色花朵，芬芳，清秀；又如一朵俏皮、灵动的浪花在你心间舞动，轻盈跳跃，激情澎湃！文字总让人向往着，垂涎着，甘愿沉沦;让人痴迷着，眷恋着，欲罢不能;让人感动着，忧伤着，心灵触动；让人学习着，成长着，内涵丰富！

快乐往往来自于，某种小小的成就感，某种胜利的愉悦。每个人都是自己生命的主宰，都是自己生命的掌舵者，以达观的心态，把握自己的航向，勇往直前，胜利的曙光会在不远处向你招手。

无欲则刚，无欲则宁，安心守一墨书香，品味淡淡文字里，浓浓的眷恋；品味平平仄仄里，似水的柔情；品味旋律婉转里，知性的优雅；品味字里行间，静默淡然的情怀；品味墨韵纵横里，大爱无疆的广博；安然相守，泰然相处，默然相知。

人人追求完美，希望完美，这个世界有很多的不完美，才构成了人生的丰富多彩,才组成了生活的色彩斑斓,放下对完美的希求，轻轻松松的生活，简简单单的处世，快快乐乐的做事，就是对人生最完美的阐释。

爱古筝曲，爱其婉转悠扬，行云流水，爱其余音缭绕，清耳悦心之雅韵，更爱女子抚琴时清雅之美，意蕴之美，情致之美。一曲《高山流水》，将山川俊逸，飞泉流瀑，青翠欲滴，在指间倾泻，在指间流转，在指间传扬，让人沉醉，着迷，沉静。

一种简洁的明了，一份淡雅的情怀，一片宁静的心境，用文字取暖，以书页填补，每一个折折叠叠的日子，萦绕的心白，品着锦瑟年華的句子，读着心境明朗的篇章，赏着世间奇妙的风景。欣然于每一个日子，心尖倾泻着阳光的美好，指尖流淌着岁月的温润。明媚着，幸福着，欢愉着。

平淡的流年

纷飞的雪花飘飘摇摇，给绿树，荒草，折折叠叠曲折的山路，增添了一抹灵秀的风景。采撷一枚，让它在掌心化成晶莹剔透的水珠，凉凉的，轻轻的，渗透肌肤，与雪花共舞，幻化成一抹纯净的精灵，玲珑成璞玉。

平淡的生活就像一杯茶，只有经过浸泡、品尝，你才能体味到它的芳香、如果你有时感到它很乏味，不是不香，而是你的品功夫不到位。平平淡淡才是真，一个人最大的乐趣来自于平淡的生活，真正的人间温情来自于平淡的人生。

一桌，一椅，一壶，一几，一砚，一书，一方天地，一席梦思，浅斟慢品，浅斟细酌，视尘世浮华如水雾，缭绕飘散。视凡尘杂事如烟云，轻盈飘渺。视生活境遇如元初，简洁纯朴。

生命就是一场历练，愚痴者沉迷过去，智慧者放眼未来。生活很公平，你可以选择纠结的接纳，也可以选择洒脱的放弃。黄色与蓝色的纠结，无论何种选择都必须有独自承受的能力，方能达到王者风范，元初境界，也就是“玩”字的拆解。

你我都只是人类历史长河中一粒微小的尘埃，一朵一现的昙花，一颗稍纵即逝的流星。长路漫漫，星河璀璨，积聚起满腔的正能量，胸怀积极向上的梦想，种植下心灵的智慧树，倾听来自心灵的声音，活在当下，用感恩和包容之心，喜悦和平和之心，定位自己生命的角色，不时用觉知和自省，修剪其枝桠，让其根深叶茂地生长。

冬季，万木萧条，枯树零落，落叶纷飞，视野却很广阔，透过往日青葱的繁华，几近干涸的湖水、河滩一览无余，偶有鱼儿游过，野鸭嬉戏，白鹭飞翔，鱼水情深，鹭鸭和谐，山峦沉静，荒凉中一种广漠与凛然的美，已然浸润心扉。终于懂得了冬以孕育万物，滋养万物的情愫牺牲着自己，只为来年的春色更绚丽多彩，这是怎样一种博大的胸襟?

把心放逐于生活，生活之美无处不在你眼前闪现。广袤无垠的大海，尽展宽广博大之美。一阵阵海浪拍打岸边的礁石，发出巨大的轰鸣，尽现大海之雄浑壮丽之美。嬉戏，滑水的孩童尽现天真烂漫之美。晚霞浸染的天空，尽现沉静庄严之美。

拾一叶馨香，黛发随风婆娑曼舞，流淌出内心的欢悦，以及那丝丝缠绵酝酿的美甜。一路走来，留在红尘中原来早就是宿命的安排,精细过往,梦里温染。扯动着心田驻于眉宇。彩蝶绣舞漫柔风，暖玉温馨心怡多，梦里销香伊来梦，晓月初生照旧容。

大自然的美丽无处不在，一缕阳光，一阵清风，一片落叶，一束小花，只需静心聆听，用心感受，细心欣赏，生命的美丽无处不在，你得有一颗欣赏美丽的心灵，一种懂得美丽的心态，搜索和发现美的眼睛。

一方静室一杯清茶，心，欢喜。秋来寒凉，一片繁华，似一个个故事。所有的遇见皆因有缘，一缕风，一片叶，一个人……因缘分相聚，彼岸之花盛开在季节深处，是距离产生的美。默守心底的那份安然，一瓦一檐一粥一饭，尽守世间最踏实的温暖。

岁月奏鸣曲

岁月的书签，记录着人世间的沟沟壑壑，人生的书签，记录着人生旅程的点点滴滴，我的书签，记录着某一时段旅行的林林总总。读书并读书签，读到每一次旅行的过往历历在目映现眼前，对生活多了份信心，对旅程多了份期待，生活就在如此往返中行进，平凡，安静而淡泊。

掬一捧岁月的流沙在指间，凝一瓣岁月的馨香在心尖，携一抹时光的清幽在心魂。将尘世的繁杂，揉碎成一丝淡然；把世间的纷扰，轻浅成一份恬静；让红尘的喧嚣，沉淀成一种怡和。怀揣唐诗宋词的婉约，安放一颗宽容的心，于简单，从容，淡泊中活着自己的味道。

淡淡的岁月，淡淡的情怀，淡淡的时光，沉淀淡淡的心灵，当生命中的一切都能以淡然处之时，犹如平静的湖水，波心荡漾也泛不起丝毫的涟漪。该来的会来，该走的会走，人生总会在失去与得到中，给你平衡的支点，如此诠释着世事无常的更迭。选择放下，便能快马扬鞭，信心满满，奏响那一曲奋进的生命乐章。

光阴的河，流淌在一马平川的绿色里，广袤的翠绿，现实的美，朦胧的美，将我带到轻浅的梦的入口。仿佛，成为灵动千年的蛹，在与岁月的对峙中破茧，成为魂舞经世的蝶，在那执守的花蕊里悄然降落。空气中氤氲着唐宋诗般的气息，我轻轻采撷，在花瓣飘落的瞬间，彻悟着生命轮回的禅意。

时光缱绻，往事如烟，浅浅停驻的脚步，依然有一份深深的依恋，淡淡地飘散在文字墨香间。凝一份浅笑，淡然于眉间，轻轻吮吸玫瑰的清香，沁入心脾。心，在花香的氤氲间沉醉。夜，在怀念的清音间蔓延。情谊，在心幕间凝结成永恒。

繁华若梦，梦若清虹，一切繁华最终都将成为心灵理想的篱笆，束缚的藩篱。遥望云卷云舒，遥望彼岸花开，遥望漫天缤纷的焰火，五彩斑斓却转瞬即逝，曾经的壮美、绚丽，穿越生命的迷雾，成为永不磨灭的永恒，镌刻在生命历史的画轴上，璀璨夺目。

赏兰，品兰

君子爱兰，兰若君子，兰花历来被古往今来的君子所吟诵，所褒扬，所寓意。

韩愈《幽兰操》中有："兰之猗猗，扬扬其香。不采而佩，于兰何伤。今天之旋，其曷为然。"空谷幽兰，蕙质兰心，兀自芬芳，甘于淡漠，象征着一个人无论从事何种事业，都要承受寂寞和忍受别人的不理解，用达观、平和的心境去面对风雨人生，面对生命中所有的无常。

李白有"孤兰生幽园，众草共芜没"的孤芳自赏；明诗人薛网有"我爱幽兰异众芳，不将颜色媚春阳。西风寒露深林下，任是无人也自香"的清芳自足；明诗人孙克弘有"空谷有佳人，倏然抱幽独。东风时拂之，香芬远弥馥"的佳句被后人广为称诵。兰花，无不描述自幽香，自欣赏，以一种淡泊，悠然，不娇不媚，无欲无求品自高的高贵品质吸引人们的欣赏。

清迈兰花园，种植着各种各样盛开的兰花，一年四季盛开，有紫色，粉色，白色，红色，以及特殊品种的白色中有紫色、黄色花蕊，黄色中白色花蕊的花儿。有的一串串，有的一丛丛，有的仅仅一朵儿独立于花丛，让人顿生怜爱。

置身于花丛中，你似乎变得如盛开的花儿般轻盈；行走在花间小路上，吮吸花儿轻淡，馥郁的幽香，心肺滋润，心旷神怡。

与兰齐眉，与兰悠扬，与兰芬芳，在兰花的幽香中，一幕幕香气暗袭，如袭来一丝丝清淡的柔风，愿沉醉于此，与兰共舞，与兰共融，与兰幽香，久久不愿离去。

秋日的畅想

秋，无以伦比的曼妙，燃烧着，落叶、湖水、微风，引人流连遐思。唯独这秋天的红，最符合秋的妖娆。秋红了，枫红了，生命也随之红透了！红枫深处，我吻一缕秋之香，盈一抹微笑，叶上浅行，想听落叶那如诗的心事。

一缕阳光，一汪湖水，一座山川，一席草地，一片绿荫，一阵清风，一只野鸭，一阵鸟鸣，在这样的清晨里徜徉，静听心魂的和鸣，随音乐的旋律舒缓身心，心静如水，人淡如菊，让心莲绽放在这秋日清晨宁静的空灵里。

丝丝缕缕的夜幕情结

夜幕如厚重的书笺，浸润了心底窖藏的词章；思绪如梦痕的缠绵，翩然于时光的渡口。秋寒和着水波，轻轻漾起情感的涟漪，吟唱着人世间宿命的交响。紫陌红尘，化魂成风，那雪语倾城里繁华的落寞,那盈袖舞墨间亘古的长相忆,执守的信念衍生彼岸的风景,演绎着莲花永绽中生命的轮回。

静默的黑夜，听涛声汹涌，潮涨潮落，海水一层层、一段段凝结成一条狭长的白色巨龙,拍打岸边的沙滩,飞起阵阵飞沫,“白龙”瞬间消散，又凝结，又消散，永不停息，乐此不疲地亲吻岸边的沙石。一轮明月高悬苍穹，深邃，宁静，清朗的月色，月华如水，漂浮的朵朵白云，如朝圣着明净的月色，泛起旅人浪漫的遐思。

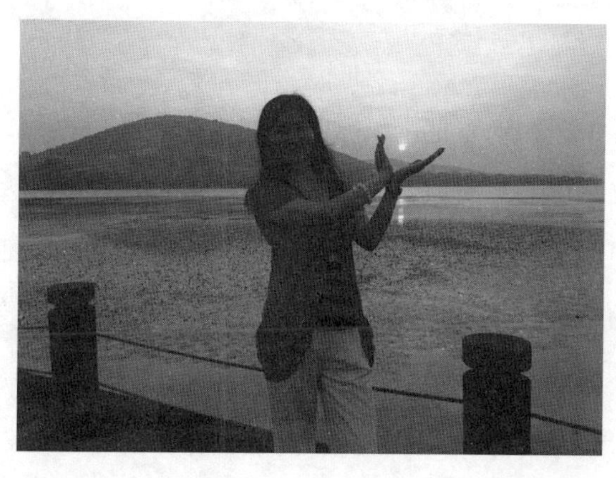

禅茶一味，皆自于心

喜欢上一件事，因为喜欢，所以用心，动了心的事，总是牵动着自己的灵魂，不由自主地会去想念，会去参与，会渐渐地深入。

之于茶，因为喜，渐而学。申时茶来源于云水居，一座宁静的处所，一座优雅的处所，一座知味的处所。那幽静的四合院天井，那古朴的茶盘，那动人心弦的丝丝弦乐，常常在心中萦绕。

爱上那份宁静，爱上那份安之若素的静美，那份超然物外的脱俗，是心目中理想的处所，思忖如自己，心灵的家园。“近乡情怯”，想拥有属于自己如许的茶室，想了很久，依旧没有下定决心去做。也许正因了念想的距离，才更向往，才更神秘，或许成为了自己的囊中物，会失却这份理想之美。

今天下午，飘逸若仙的云水居茶修老师们莅临公司，身临其境了一场茶修之旅。平时只谈工作，理性，严肃，甚至有些冷漠的会议室。被顷刻之间装饰成了狭长的茶桌，白色的桌布，竹制的茶垫，瓷制古朴的茶杯，橘红色的烛光盈盈跳动，两副整套泡茶工具，俨然温馨而不失典雅的茶室。

缓缓入坐，音乐响起，随流淌乐曲流泻出赋予磁性的女中音，点拨着呼吸，动作，一呼一吸间，满心的神圣与庄严，敬茶若神，恭敬心起，禅意弥漫，空灵而飘逸。

端杯，闻香，品味，喝茶，入喉，入心，入肺，入胃，滴滴甘怡，润泽身心。一杯，二杯，三杯……手心微汗，足心微汗，额头微汗，身体微汗……申时茶的魅力，一一彰显。经历了一场茶的洗礼，茶的浸润，让全身释然轻松，恍若飘飘茶仙般空灵。

心，被荡涤，氤氲在袅袅茶味里入定，纯洁，洁净，无欲无求，超然物外。

禅茶一味，皆自于心，心中种下了喜欢如何不爱，如何不深入这意蕴悠长的茶学之旅？

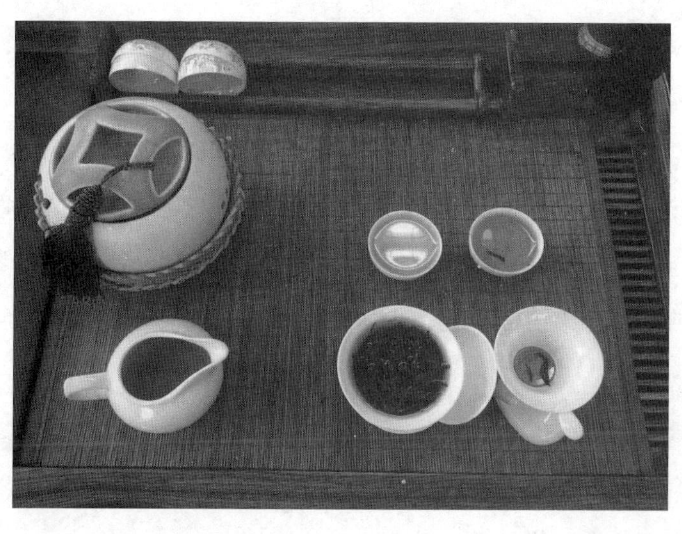

晨起觅荷踪

初夏，没有阳光的清晨，少了阳光的炽烈，多了份清凉的舒适。微风轻拂，满眼浓绿，柳枝飞扬，野花轻漾，湖水微澜，鸟儿欢唱，秀丽异常，是初夏特有的风景。

行走在绿意盎然的栈桥，走向长广溪腹地的那片荷塘，映入眼帘的是青葱狭长的菖蒲荡肆虐蔓延，沾满荷塘的大半幅江山，片片荷叶在菖蒲叶子夹缝里铺开自己碧绿的身躯，呵护着几多袅娜的粉色荷花，也许是生长环境因素，这几朵远比毫无竞争的荷花更为娇俏艳丽，在碧绿叶子的映衬下，明媚动人，摄人心魄。轻轻探着池塘的边缘，拍下这几幅独特的荷花，光与影的作用下，花儿犹如开放在黑夜里，花儿似绽放的莲花灯，绚丽着池塘的色彩。

此时此刻，心中也摄下了念想，温室中的花朵，接受着百倍的饲养与呵护，却也总是受着各种条件的限制，即使妖娆，缺乏自由个性的锤炼，柔情似水里，少却了自己塑造的美。

处于竞争中的荷花，没有特别的呵护，兀自在菖蒲的缝隙里，汲取自己需要的养份，在自然的庇护下生长、开放，散发出独特的魅力，开放着异样的美。

栈桥边几株盛开的荷花清雅秀丽，新鲜的叶子也碧绿可人，可铺陈在池子里的荷叶已经枯黄破败，似乎是中了某种病毒，没有清理掉的陈年莲蓬依然枯枯地直立，似乎告诉你这里已经是多年的老荷塘。新叶、新花、枯叶、枯莲组合在一起，些许凌乱之感。

总之，这一片荷塘已无法与前年相比拟，印象中三片荷花池相连接，大片绿荷叶如织造的绿锦般铺成开来，朵朵粉色的花儿亭亭玉立，夹杂几株花骨朵儿，成卷的绿叶在花儿中如调皮的孩子，微风轻拂，花叶微漾，一副美丽动人的图画，常常飘荡在梦中，魂牵梦绕着美丽的念想。可惜，如今的荷塘已经全然没有了当初的模样。

带着几分遗憾漫步，熟悉的路、熟悉的景、熟悉的花儿、熟悉的草，每一年都在季节的变化里变化着自己的模样，不变是我这一颗依然坚守的心，在浅夏里寻觅心中荷花的清香。

步行至金塘桥左边，最喜欢的那一片精致小景，惊喜地发现，远远几株荷花亭亭玉立的招摇着你的脚步，池塘没有种植其他植物，荷花在池子里竞相开放着，竞相娇媚着，显得清新秀丽。踏上石块铺就的小“路”，些许战战兢兢，些许欣喜，因为可以近距离欣赏荷花。静静地站在荷花的旁边，细细欣赏这几朵俊秀，娇俏的美丽荷花，仿佛自己与花儿站成了一组风景。

荷叶从堤岸边往池中蔓延出去，花的颜色次第深浅，几株开足了的荷花颜色由粉至白，刚刚开足的颜色是浓浓的粉色，含苞欲放的花骨朵儿是深深的红色，碧绿的荷叶有站立着，有仰躺着，微卷着，袅娜着。翠绿的荷叶丛中，亭亭玉立的荷花，像一个个披着轻纱在湖上沐浴的仙女，含笑伫立，娇羞欲语；嫩蕊凝珠，盈盈欲滴，清香阵阵，沁人心脾。伫立良久，一阵突如其来的风儿刮过，一朵花随即花瓣吹落水中，散落在池塘里，凌乱成浮萍，鹅黄色的莲蓬里还缀着长长的花蕊，真是“落花有意水无情，花自飘零水自流”，有小小的心疼。

江南的每个季节总有每个季节不同的美，夏季的荷花成为人们争相追寻的美景，因为这美承载了人们心底美好的愿望，“出淤泥而不染，濯清涟而不妖。”更承载了人们在理想与现实之间的距离之美。莲之圣洁，莲之高雅，莲之清逸，已经镌刻在每一位清雅之士的心中。这清晨的荷花装饰了生活，装点了品性，秀美了视觉，高洁了心灵，开启了一天美好生活的源头。

夏雨

雨季又至，夏雨少了春雨的缠绵呢喃，多了份干净与利落。哗哗地淋湿葱绿的植物，淋湿娇艳的鲜花，淋湿参天的大树。敲打屋顶，敲打廊檐，敲打窗棂，犹似人们匆匆疾行的脚步。

夏天，如孩子的脸。多变的季节，多变的天空，如多变的天使。电闪雷鸣，疾风劲雨后，天空的平静与安详，横跨天堑的彩虹，令人孩子般惊喜。

水滴石穿，静水流森，水柔至软，万物皆润。喜欢雨后的那份清新，那份明净，那份俊朗。

行走雨后的布满鲜花的小径，雏菊，蔷薇，紫薇夹道欢迎，采一朵洁白的夹竹桃，悠然漫步，闻着淡淡的清香，倾诉一季的怀想。

期待雨停，可以再次在你的小径徜徉……

恋上这片紫色的浪漫

一片紫色的薰衣草、一栋农舍、一片葡萄园、一颗逃离都市的灵魂。日享暖阳，夜听虫鸣，品赏美食美酒。于四季流转中，荡涤浮躁，沉淀快乐，这是英国作家彼尔·梅得《普罗旺斯的一年》中悠闲自在的生活，与陶渊明先生“采菊东篱下，悠然见南山”有异曲同工之妙，也是自己追求的一种生活状态。

于是，那满眼紫色的花儿、那一片片一丛丛紫色的浪漫，常开在深夜寂静的梦里，氤氲在时间的流水里，成为了又一个生活的梦想。期待奔跑在那片紫色的浪漫里，放逐身心，暂时的失忆一会，伴随清风、花香、悄然如梦，人生难得几回醉，醉在那片紫色里又何妨?

这个愿望在六一儿童节那天路过长兴泗安薰衣草园，仅仅匆匆的一掠，那片紫色在心里种下了诱惑的种子。第二天脱离团队，和家人奔向梦中的那片紫色。走进一俨然农家大院的门，一幢颇有异域风格的建筑映入眼帘，红瓦、米色墙壁的长方形房子，蓝底白字的泗安薰衣草风情园标牌一字排开，洁白的栏杆围廊格外引人注目，白色的栏杆上挂着一盆盆玫瑰色艳丽花儿，随风招摇着游人的眼球，让人顿生仰慕垂青之意。

购买门票走进薰衣草园的大门，一片狭长半人高的紫色花儿正随轻风微拂，摇曳着动人的身姿，这属于窄叶薰衣草，绿色的根茎已经长至半人高，每一枝蔓上盛开着三五朵紫色球形的花儿梦幻而神秘。它没有蓝玫瑰的妖娆艳丽、没有白蔷薇的纯洁神圣、没有粉樱花的热烈时尚。这片默默无闻开遍原野的紫色花儿，不娇不媚、不卑不亢、不蔓不枝，宁静而淡然地生长，那片浓烈的紫色吸引你的视野去寻觅，去探究，去遥想，去向往甜蜜美好的爱情。

薰衣草花语：等待爱情，似乎美丽的薰衣草为爱情而生，为爱情而长。那紫色摇曳下的馨香，让你不知不觉沉醉，沉醉在这片紫色的浪漫里。这枝枝紫色的花儿犹如优雅、美丽、梦幻般的女子，羞答答、娇滴滴、轻柔柔地生长在绵延的碧绿山川旁边，与山川形成了鲜明的对比，一片紫色，一片墨绿，相依相偎，相亲相爱，一幅浪漫的水墨画展现在你的眼前，让你不忍离去。

摄影爱好者们正在给模特拍摄花中倩影，一美丽的女子，着天使般淡绿色长裙，额头上带着蓝黄色相间的花环，衣袂飘飘、袅袅婷婷，如美丽的天使穿梭在薰衣草从中，成为了薰衣草花海中美丽灵动的配饰，给这片紫色的花海增加了活力和情趣。

徜徉在满眼紫色的花海中，心潮澎湃，愉悦雀跃，低头轻轻拈指触摸花枝，嗅着花儿带着雨珠的馨香，一股清香味儿随呼吸彻入骨髓，顷刻间醉意朦胧，思维迷离，似乎穿上了美妙轻盈的羽纱，飘飞在紫色的花蕊里；似乎挥动着盈盈水袖，舞姿翩跹在紫色的花丛中；又似乎静默成一棵小树，痴痴守望着整片的花儿，矢志不渝，守到天荒地老，守到海枯石烂……

想象着与薰衣草为伴的生活，一定是富有诗意，饶有兴味。喜欢紫色，高贵而神秘的颜色，包含着优雅、浪漫与高贵的气息。紫色的薰衣草更是质朴、宁静与素雅的代名词，富含人生的禅意，远离尘世，远离喧嚣，远离世俗的纷纷扰扰，让自己属于自己，用身形绽放独特凛然的美，让宁静悠然溢满心扉。

恋上这片紫色的浪漫，幻想有一天能够成为薰衣草园的主人，与山川草木为伴,与水木灵秀为伍,静静地品味生活的曼妙与多姿。

冬去春来

冬来了，四季中最不堪的季节，被厚重的铠甲捆住了满溢的激情，让激情的余温挥洒在冬日萧瑟的云海里，如冬日的阳光般需要时间的积淀才能温热灵魂。

彻骨的寒冷、阴霾的天气，将日子描绘得瑟缩而落寞，将心灵沉沦得凝重慵懒，如冬日的雪花般飘零，化为雨丝在空气中氤氲而去。

抖落季节的尘埃、细数逝去的过往、更替轮回的依旧是那份心境，我且受用着季节的轮回变化带来的心境的转移……

在冬日里品尝秋日收获的硕果，即使已时过境迁，即使已冰冷彻骨，温馨甜蜜的收获果实依然欣悦心灵。

耕耘的辛勤脚步总会等来收获的喜悦,即使等待也许有些漫长。

希望的精灵总在那山巅频频闪耀，引领着一步步去向更远方跋涉，远方没有终点只有一个个起点等待着去超越。

如水的时光，悄然流逝，恰如生命的蕴律，不自觉间再一次轮回到那些曾经的过往，轮回到那些曾经如烟消逝的往事回忆中。

恍然间陈瑞哀怨的乐曲又成为这春日的新宠，让这迟来的春天多了些惆怅与哀怨，恰如歌中那相思的债，让丁香般的愁绪结满心头，甘愿沉睡万载不想醒来。

即将远航的梦想，在近乡情怯的情怀里变得悠远而深长，朝思暮想的幻想，如梦中幽远的绿色森林般神秘而幽深，既希望探究其神秘的美感，又有些恐惧担忧，在纠结的情绪中度过一个又一个忙碌的日子，凋零的心似乎只有拼命的忙碌才能够忽略掉那份内心深处的彷徨。

封锁在自我设置的心窗里沉伦，多年来未曾有过的苦涩再一次涌现，深夜聆听寂静的心灵呼吸，再一次扣问心灵，生命存在的意义。凡事顺其自然，看淡一切，活在当下，不要因为害怕阴影而把心灵的灯吹灭，了然尔悟。

卸下心灵沉重的负荷，打开心灵的窗户，竟是豁然开朗的别有洞天，一如今日洒满大地的阳光，似乎要把所有的阴霾一并宣泄，如脱茧的蚕儿般自由，忽然间感觉轻松而自在，心情也活泼爽朗起来。

再一次找到了这份心灵的宁静，可以在今日用键盘敲击心灵的声音，如迷途知返的羔羊，又一次找到了生命的航标，再一次捡拾起了信心的希望般燃烧着生命的激情。

春天来了，辛勤播种的岁月，会收获繁花似锦的春色满园！

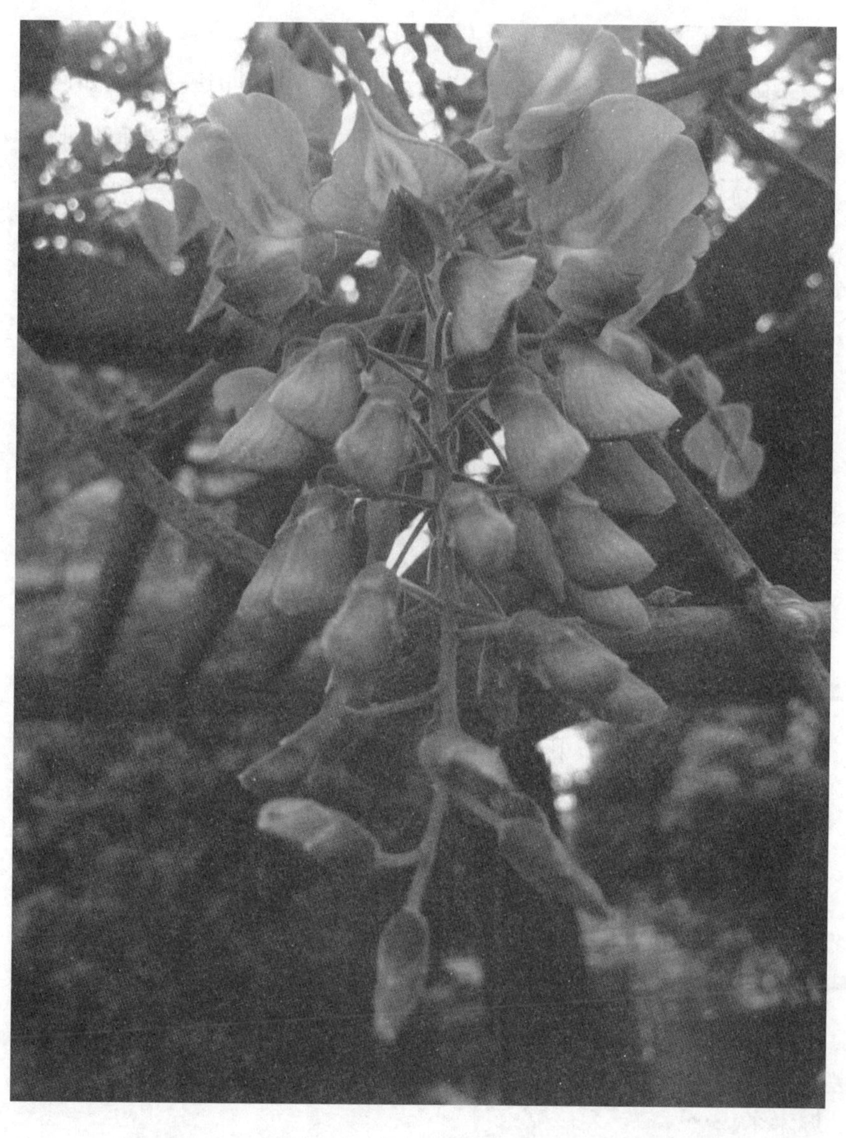

记 忆

记忆像一棵树，铭刻着人生路上凹凸不平的印迹，无论如何去覆盖始终会在心灵深处埋藏，即便枝繁叶茂葱绿昌盛也难掩依旧斑驳的痕迹,就如身体的某个部位曾经因受伤留下的伤痕般无法抚平。

记忆像一本日历，一天又一天，即使越翻越远依然在某一扉页留下岁月的流痕，就如曾经在日历中留下的那些文字，时间再久依然清晰地跳动着往日的旋律，只要你愿意去翻开，一页又一页同样述说着每一个日子的不同故事。

记忆如一汪湖水，一年又一年忘我地潺潺流动，虽能涤荡尘世的喧嚣，却依然留下细纹随波逐流。

记忆像一张网，尘封着如许的往事，如果执意去揭开这网的笼罩，将自己的曾经复晒，也许收获的已经不再是满腔的愁肠、满心的喜悦、满怀的怅惘、满腹的疼痛，经过时间的历练，酸、甜、苦、辣的如烟往事也能一笑而过，轻狂往事记忆如风、随风飘逝的记忆碎片竟然波澜不惊，更不必言波澜壮阔了。

也许这就是人生，岁月教会人们从曾经的经历中去学会如何把握未来……

今夜，为你守候

雨后湿润空气的夏夜，独自行走在夜的街头，漫无目的，闪烁的霓虹犹如夜的精灵，有些玄妙的虚空，一种冷冷的凄清，让心似被掏挖般空灵，不知不觉有了眼眶的湿润，苦苦涩涩的滋味一阵阵袭来，很久没有如此忧伤，一切皆因为你。

习惯被守候，习惯被簇拥，习惯被款待，当一种生活已经成为习惯，当一切都已经顺其自然，要想改变现状却是无尽的不适和悲凉。所以，人总会在失去了之后才会倍感珍惜当下的拥有。

似繁花之后缤纷的落英，似炫目之后阴冷的恐惧，如蔓延的藤蔓，让自己逐渐深陷，深陷进自己编织的罗网，想要拔出却是无奈的痛楚。

忧伤的我，今夜为你守候，为你开一盏明亮的心灯，守候着你的音讯，守候着你的欢笑，守候着你的归来。

如归途的倦鸟回到暂时栖息的巢穴，哪怕只是暂时，也依然能够给你一季温暖的怀抱，给你一季温馨的回忆。

今夜，为你守侯！

距离产生美

站在山脚仰望山顶的电视塔，高耸入云的塔尖直插云霄，是一种巍峨的壮美。

沿着台阶拾级而上，电视塔掩映在郁郁葱葱的树木中朦朦胧胧，是一种隐约的美。

踏上最后一级台阶，抬头望着面前的电视塔，斑驳的墙壁展示着年代的久远，一种破败与沦落的沧桑，毫无美感可言。

站在山顶，碧空万里如水洗般纯净，俯瞰城市，远处鳞次栉比的建筑林立，五里湖如一颗璀灿绚丽的钻石反射出耀眼的光芒，碧绿的植被隐隐绰绰，与高楼、湖泊相映成趣，成为一幅繁华似锦的画卷。

生活在这座城市中似乎只有今天才发现这座城市的美，恍然大悟，距离产生美，景物尚且如此何况人？

经历了一些人一些事，总会在不断的经历中感悟与成长。

人生若只如初见，初识时陌生的人们互相小心翼翼地展示出自己最美好的一面，所以互相都有着美好的憧憬与期盼。

相处久了互相熟悉了，没有了那份顾忌，不经意间缺点就不自觉地暴露出来，打破了原来的那份美感，于是有了隔阂、有了猜疑、有了误会，于是会放大缺点而忽略优点。

真正的朋友是在你展示了真实的自我后依然接受你的人，真正的朋友是在你受伤后守在你身边的人，真正的朋友能够及时提醒你的缺点帮你一起去改善，真正的朋友是真心诚意接纳你全部的人，真正的朋友不会把快乐建立在你的伤疤上，真正的朋友不在意你的辉煌与落寞依然坚守着那份纯洁的友谊。

珍惜人生中的每一次相遇与相知，擦肩而过的都只是匆匆的过客，能够坐下来陪你一起聊天喝茶、可以一起畅叙人生也只有那么仅有的几个。

人生得一知己足矣，能有三五知己的人生岂非是莫大的幸福？莫大的快慰？莫大的精彩？

然而再好的朋友也需要给对方一点时间和空间，互相给对方留下一个思念的瞬间，因了这份念想的距离，友谊才会如那甘怡的美酒般越来越醇香，越来越久远。

再一次有了距离产生美的感悟，人生中的每一次邂逅都是缘分的使然，因了这缘分保持一定的距离是为了下一次的再聚首。

流动的旋律

如水的日子缓缓流淌过岁月的河流，锦瑟流年踏着轻快的韵律，舞动着时光的距离，期期艾艾轻扣岁月之弦，别有一番的风景、别有一番的滋味、别有一番的韵味在心头缠绕。

笑看春日绚丽缤纷的花蕾绽放在和煦的春阳下，抽绿的柳条随风肆意摇曳，世界焕发出新绿，似乎一切都孕育着蓄势待发的魅力，将整个季节浓缩成播种的精华。陈瑞深情、哀伤、幽怨的音乐响起，与情境造成了巨大的反差，在温馨祥和的背后，总有一丝的哀伤修补着岁月的漏洞，描摹着与季节不相符的落寞愁绪，伴随春日暖阳悠悠而过，似乎日子注定不应该完美无暇，整个春季徜徉在陈瑞低徊的旋律中，将情和景的色彩渲染得错落而有致。

走出陈瑞的阴霾，凤凰传奇伴随着夏日的晨风弥漫在每个日子的沟沟壑壑，将沉寂的心灵渲染得充满四射的活力，清凉的晨风、飘飞的长发、轰鸣的音乐洒满每一个流火的日子，翻飞着如火的热情，激情燃烧浪漫的情怀。变成美丽的骏马驰骋在广漠的草原上，悠扬的马头琴随风飘荡，将大漠深处的激越与豪情尽情宣泄，缩短了理想与现实的距离。

季节的脚步走入萧瑟的冬日，王菲空灵的乐曲将飘散的心灵回归宁静。于是，不想在时光中沉伦，总想在静默中寻找到另一个空灵的自己，心境变得柔软而善良，奢望留下时光的影子，在岁月的长河中静静地洗涤自己，放慢匆匆的脚步，放逐匆匆的心灵，慢慢地品味和静享生活的种种，随遇而安地漂泊在生活的长河中。

流动的旋律、流动的季节、流动的生命，生命是一束纯净的火焰，我依靠自己内心看不见的太阳而生存！

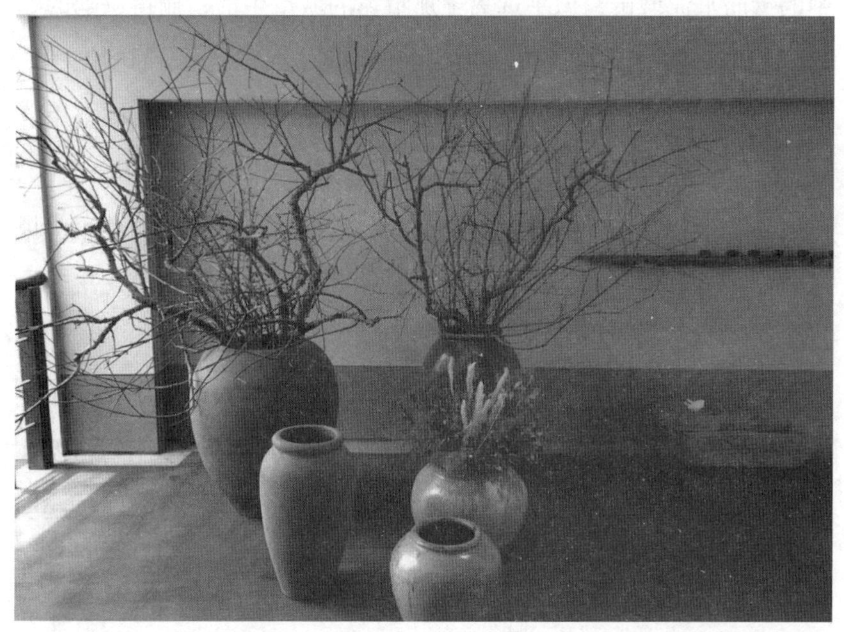

柳荫堤畔闲行

初夏的五月，总被古往今来的文人墨客传颂着优雅的文字，是浪漫与幻想凝成的季节。周末的清晨，在清风习习、叶儿清清、柳荫荡漾的长堤上缓缓漫步，遥望烟波浩渺的湖水，和湖水尽头雾霭中的钢筋水泥城市，似乎远离了那喧嚣的城市生活，偷得一隅的娴静，让忙碌与疲惫的心轻轻靠岸，悄悄落脚，回归自然、回归澄净、回归禅意,浮华落尽后的淡然,飘飘洒洒肆意飞扬在五月的时空里。

细步微移，湿地的青色浩浩荡荡，柳枝摇曳，长长的芦苇叶提示着端午节日的临近,喜欢这五月浓烈的绿色,一任思绪随之飞奔。

“柳荫堤畔闲行”是苏东坡先生以为人生赏心乐事十六件中之一，现代人应与之有同感，于浮躁中寻找一份心灵的悠闲与恬淡，一份宁静和典雅，否则怎有那么多人群选择在周末的清晨早起漫步?

“你，见或不见，景总在那里，不离不弃。你，见或不见，人总在那里，不悲不喜”是我改编过的仓央嘉措的诗，与现今的生活状态比拟，生出些许复杂的情怀，这景于我竟有些奢侈，景后的人生亦然。这景离自己仅仅几公里之遥，可却总是无暇光顾，询问同游人竟然从未光顾过，于是生出些嫌隙和茫然。红尘中的人们，往往繁忙地劳碌奔波于生活间，竟是无暇让自己的心灵静下来，想想曾经生命旅途过往的点点滴滴，想想未来的漫长道路如何去走？固执的坚守着，让自己的人生积极向上，让人生不得偏离世俗的轨道，让自己活得精彩而有意义。于是总在不断的求索中一步步艰难攀登，一步步匆匆前行，匆匆的脚步错过了无数风景、错过了无数人生，究竟哪样的活法才更符合现实？

少时读到陶渊明先生的《桃花源记》，那“采菊东篱下，悠然见南山”的闲适农耕生活，在幼小心灵里刻下了深刻的烙印，已然年近不惑仍梦萦魂牵，幻想着能够有一片自己的世外桃源，在一片依山傍水的地方，与桃树为伴，与青山绿水为伴，远离尘世，远离人群，远离喧哗，静度余生。这样的念想有些颓废，不过却是真实的心灵向往。

这柳荫堤畔不时有来来往往的行人，惊扰着思绪的宁静，一位45岁上下的中年男子俨然颇如专业摄影师，领着三位女士，不断的变化着景色,变化着人物为她们留影。女人无论年龄天生都爱美，都爱把自己融入景中，让自己和风景融为一体，成为永恒的影像留在自己的相册里，甚至留在自己的记忆里。而那摄影的男士无怨无悔地成为了红花中一片长青的绿叶，他们幸福地互相调侃，听口音像是北方人，应该来这江南水乡的时间已不短，模糊中听得他们似乎已然眷恋北方的秋色，和那秋色中一片殷红的枫叶。我无意偷听别人的闲聊,因也爱“枫叶千枝复万枝,江桥掩映暮帆迟”的意蕴，让若有若无的闲聊钻进耳际,倒也让自己对于那“停车坐爱枫林晚”

的红色的枫叶产生些许念想，幻想在我未来的桃源中红枫一定必不可少。青山绿水下，粉色的桃林、碧绿的青松、翠竹，漫山遍野的红枫里踏雪寻梅，是怎样的意境？

这清晨的柳荫堤畔自然是老年人的天堂，喜看一群群老年人，相邀好友以看淡苍茫世事的闲庭信步,迈向途中小憩的“芙蓉亭”、“曲荷堂”、“清莲桥”、“掬月轩”等临水而筑的亭子，每一处亭子间都不时发出老年人爽朗的笑声，他们银色的发丝在微风中喜悦地跳动，一如他们愉悦的心灵。当我迈进人生之暮年，如不能实现自己的桃源梦，邀三五好友每日徜徉在清山碧水间，白发垂髫，笑谈人间世事，怡然而自乐。

信步游走，不觉已到聚会地点木栈桥旁的“三友小筑”，如此雅致的名称背后一定有一段鲜为人知的故事，吾知“岁寒三友”即松树、翠竹、梅花三种极有品格和风骨的植物，也是我所喜爱的三种植物，不知此小筑是否与“岁寒三友”有缘？只知这清晨的“柳荫堤畔闲行”并非我此行的真正目的所在，这一天尽管依然匆匆，身心却得到了极大的放松，人与人之间的距离顷刻间变得亲近起来，已不再横亘着那道无法逾越的鸿沟，已不再是熟悉的陌生人。

凝视，窗外的世界

每每站在 26 楼的窗户边俯视城市的车水马龙，蜿蜒的道路，奔波的人流，一幢幢凌乱的房屋，如散落在地面上的一个个方块盒，城市的植被在这些房屋中显得弱小而无力，一丛丛，一簇簇淹没在房屋的方块中，无处寻觅……

每当此时心总会莫名的沉静，呆呆地凝望这些每天都在眼前掠过的景物，在城市的滚滚洪流中，人们都只是那细若游丝的一份子，不管你能量有多大，能力有多强，都仅仅渺小地在自己的生命轨迹上绽放自己特有能量。即使是伟大到曾经改变世界、或者改变人们生活的人物，譬如：乔布斯，毛泽东，爱因斯坦……都曾经绚烂地绽放过生命的色彩，为人们的生活带来了根本性的改变，当生命走向尽头之后，世界依然在转动，人们依然在代代传承，代代繁衍，只是那些思想灵魂的精神和物质遗产依然留在人们生活中。

由此感叹无论贫贱，无论富贵，人都仅仅是拥有了来到这人世间的一次机会，辉煌也好，灿烂也好，平凡也好，平淡也罢。

父母赋予人们血肉之躯的生命，人人都应该珍惜，人人都有责任让自己活得更精彩，前几日听说一名年轻的女子因为感情问题坠楼自杀，花季的生命瞬间消逝，在哀叹这无知生命的同时，却又怜惜这生命因为一个不负责任的念头，瞬间葬送了自己短暂的一生。如果当时身边有人可以做下短暂的心理疏导，也许这一鲜活的生命会依然行走在自己的生命轨道上，可惜……

如今的人们越来越繁忙地周旋于各种事务，越来越浮躁，急功近利到没有时间来思考自己生命的价值，所以人也越来越脆弱，也越来越迷茫，越来越经不起挫折和考验了，这不能不说是人类的最大悲哀。

霓虹闪烁的夜晚，各式火树银花似的灯火装点着城市的夜空，让夜显得繁华而热烈，灯火蜿蜒的马路像一条条金色的游龙畅游在城市的街道，人们都在匆匆赶着自己的路，脚步匆匆的急行，很少能够看到缓慢散布者的身影。人们都越来越忙碌，没有时间来欣赏路边的风景，或者停下脚步关注下匆匆行人们的足迹。信息万变的时代，人们的沟通方式越来越多，网络拉近了人和人之间时空的距离，无论在世界的哪个角落，都可以随时利用网络沟通，可人与人之间心灵的距离却越来越远，人们没有时间和经历去做互相的深入了解，近在咫尺也可似天涯，常常疲倦地周旋在一群熟悉的陌生人中，这也就是现今人们的真实生活写照。

每一幢高楼里闪亮的灯火，像一颗颗珍珠般吸引着无数的追寻的目光，因为每一盏灯火的背后都有一个温馨的家庭，吸引在外奔波的人们,车水马龙里的每位都驶向最终的目标——家。日复一日，年复一年，乐此不疲地在路上。不管你如何的位高权重，不管如何的叱诧风云，夜的最终归属是回家。恍然所悟，这就是我们平凡而简单的生活旋律，日出而作，日落而归，古人就此描述的生活画卷，千百年来人们始终都是如此的延续着生命的韵律，尽管时代千变万化，信息瞬息而变，人们依然如此地在生活。

窗外的世界投射出千姿百态的生活，改变不了目前所生存的环境，也许只能改变自己的心境，想起王国维在《人间词话》“昨夜西风凋碧树，独上高楼，望尽天涯路”，“衣带渐宽终不悔，为伊消得人憔悴”，“众里寻她千百度，蓦然回首，那人却在灯火阑珊处”，不管世界如何改变，人们如何改变，坚守自己的为人本质，活在当下，也许是当今最现实可靠的抉择。

品享心灵的盛宴

阴霾的周末清晨，凉爽的微风轻轻拂面，任由风儿肆意吹拂，似乎吹拂掉心灵的阴郁，还原一份洁静的爽朗。

窗外嘈杂的建筑工地声伴随着风儿阵阵袭来，那嘈杂的声音伴随着鱼缸的沙沙水声，似乎鸣奏着清晨协奏曲。

办公室里没有了往日的喧哗，没有了往日的打扰。只有风儿，嘈杂的建筑工地声，沙沙的水声伴随着自己心灵的声音。

忽然感觉如此静默的清晨真的很悠闲，很娴静，很诗情，很舒适，很幸福。

原来我的幸福感竟如此的简单，只需有时间空间可以让自己安静下来，静静地面对自己，强烈的幸福感竟油然而生。

疲惫的奔波劳碌于各项事务中，很久没有可以如此安静地面对自己的心灵，可以独自闲适地享受心灵的盛宴，叩问心灵的声音。

漫不经心地翻看着杂志，了解世界大事记，了解八卦新闻，了解世间百态，忽然间心灵似乎从这些凡尘杂事中警醒。

简单的生活，简洁的人生，简朴的心灵，自由的时间，自由的空间，学会适当的放弃细枝末节，捡拾起重要的部分踏踏实实地去生活，去经历，去磨练，也许这就是自己所追求的生活目标。

我想这些人生目标通过自己的努力终在一步步地实现，身处刀光剑影的商场，可以经常有这样的清晨，可以暂时脱离喧嚣的杂务，可以暂时躲进自己的领地，让自己品尝心灵的富足与美好，此生足矣！

人生如茶

墨绿色的茶叶缓缓飘入沸腾的开水中，碧绿的叶片如美丽的舞者舒展开优美的舞姿般荡漾在水杯中，只几秒钟的时间即如盛开的莲花般绿意盎然，一片片绿色的叶片像一片片翠色的花儿般娇艳欲滴，氤氲在沸水中绿影婆娑，让你不忍心去搅动这般苍翠的灵动画面。

浅浅斟于一小玻璃杯中，淡绿色的茶水映出一张坦荡沉静的脸，心情随之而沉静下来、沉淀下来、静默下来，低头浅吟，一股沁人心脾的清香随氤氲的水汽蔓延开来，远方隐约飘来葫芦丝《月光下的凤尾竹》时而如泣如诉、时而如行云流水般的天籁之音，此时身心已被净化、被过滤、被涤荡而陷入淡淡的沉思。这淡淡的清香，犹如生命旅程上浮沉于世、起起落落的生命过往，舒展着云淡风轻、怡情悦性的人生意蕴。

呡上一小口香茗，味蕾溢出淡淡的苦涩，一种莫明的淡淡忧伤随之而来，怅然若失中犹如迷途的羔羊丢失生命航标般迷茫，人生旅程聚聚散散、浮浮沉沉、寻寻觅觅、人来人往，终是无力改变的现实羁绊横亘在这条来路上，既然选择了远方，便只顾在风雨兼程中赶路，匆匆的身影漫过灵魂的影子，只道是无奈、无奈！

再呷一口苦涩已渐渐淡去，有一丝甘甜润入心肺，怅恻缠绵中，心被感染得甘之如饴，一份愉悦如痴如醉，禁不住心襟摇荡，犹如这人生的历练，在痛苦的涅槃后有天将降大任之苦尽甘来的意味深长。

这是来自于黄山的名茗野毛峰，每每泡上一杯，美与香、苦与甜并存的茶，边感悟、边思考、边沉思，这人生亦如茶！

人生取舍皆智慧，这是一种人生大彻大悟的至高境界、是一种至高无上的人生领域，更是一种自我实现自我超越的博大胸怀。

取与舍是一门艺术与智慧构筑的学问，潜藏着莫测高深的人生哲学，能够把握驾驭好取舍的学问，人生旅途将不再有遗憾与后悔，不再有埋怨与失落、不再有忧郁与烦闷，心路将始终充满宁静与平和、欢饮与感恩，不求富贵荣华、不求功名利禄、海阔天高凭鱼跃，心如止水，在芸芸众生中无欲无求、坦坦荡荡、光明磊落、泰然自若地走着自己的人生之路。

塞翁失马、焉知非福，舍弃过去把握现在，你会在时间的洗涤中深刻彻悟，也许当初的舍弃成就了现在的获得，也许当初的舍弃成就了现在的辉煌，也许当初的舍弃成就了现在的建树。

失之东隅，收之桑榆，放弃是为了更好的拥有，拥有的也有可能会有一天失去，人生就是在这失去和得到的不断纠结中阐释着生活的意蕴，懂得主动去放弃，也许可以避免失去更多；懂得适时的放弃是一种睿智的选择，退一步海阔天空，把握好恰当的时机或许更可以得到意外的惊喜！

高处不胜寒，也许在前无古人、后无来者的生命之途中坚守者，也许终将注定孤独，然而能够始终坚守生命的承诺、坚守为人的风骨，不为形势所左右，不为环境所变化，不为态势所压倒，不为情势所利诱，拿得起放得下，其实普天之下真能做到适时取舍者又有几何？

吾非圣贤乃一凡间女子，未能领悟与驾驭取与舍之学问与智慧，路漫漫其修远矣，吾将终身求索取舍的人生真谛！生命不息求索不止！

心灵飞动着美丽的过往

一日偶然翻起过去的相片，翻到这一串串美丽的风铃，耳边似乎传来了清脆、悠扬的轻轻风铃声，将少女时代对美好生活的憧憬和向往一览无余地表现出来，有一丝温情弥漫开来，时光似乎倒流至那些青葱的岁月。

记得年少时特别爱风铃，无论走到哪里总爱买上一串，尽管拮据，总会忍不住买回一串，哪怕只吃一顿简单的午餐，当听到风铃发出的叮咚或悠扬的声音，总会让自己安静下来，似乎精神上的享受比胃的饱餐更让人着迷。

属于自己的小天地，总是挂着各色的风铃，装点着自己的“闺房”，当躺在床上仰望着各式各样的风铃，似乎每一串都承载着一个梦想,承载着一段故事,承载着一个憧憬。常常静静地望着它们，让思绪随意地驰骋，还记得一串白色贝壳做成的风铃，微风吹来发出滴答滴答的声音，似钟摆分针的摆动声，并不优美动听，但却承载了少女时代对大海的向往，向往蔚蓝的大海边，自己可以大声地呼唤“我来啦！”

当终于有机会去海边，记得第一次面见大海，是去舟山东海岸边，与我想象中的大海有着巨大的反差，无边无际的大海，雄浑而博大，海水满盈盈的，照在夕阳之下，舟山海水浑浊澄黄，浪涛像顽皮的孩子似的跳跃不定，卷着飞沫一浪浪卷向岸边，水面上一片金光，海边的沙石被海浪一层层推向岸边，痴痴地望着海面飞卷的一层层浪花,不知不觉身体也随随浪花而起伏,差点晕到在海水里。第一次见大海满是恐惧的回忆，与意念中的蔚蓝色的大海有着天壤之别。

随后第二次去海边，是那年夏天的青岛旅游，领略到了黄海的绰约身姿，屹立在岸边的沙滩上，清爽的潮湿的带着淡淡海腥味的海风，吹拂着人的头发、面颊、身体，在炎热的季节突然之间感觉神清气爽。近处五颜六色的泳衣装点着海滩，远处海水和天空合为一体，白茫茫的一片，分不清大海和天际的分界，只觉得眼前是蔚蓝的一片，心情豁然开朗，心胸似乎也变得开阔起来，让人有了抛却一切凡尘杂事，回归自然的心态。这次与大海有了亲近的感念，记得当时处于心情的低落期，经过大海的洗礼，回归的途中早已忘却去时的不快，把所有的心灵污垢埋葬在了大海的深处。

随后多次去过海边均没有太多的感想，直到见到海南三亚亚龙湾的那片海域，才真正实现了自己的梦想。湛蓝的海水卷起白色的飞沫在岸边撒欢，海水是那么的蓝，蓝得让人心醉，蓝得让人心疼，用翡翠的颜色形容又觉得太浅，用蓝宝石的颜色形容又太深，海水又是那么的温柔平静，犹如一汪湖水般轻柔，让你无法想象她咆哮的样子。远处那茫茫的一片蓝与远天衔接，犹如一块缓缓隆起的蓝色大陆，闪耀着琉璃的光泽。当时想，人生见过如此美丽深邃的大海足矣，即使葬身此海，那也已是生命最好的归属。

一串串美丽的风铃勾起的回忆，被一阵震耳的现代音乐所侵扰，如今不知道从什么时候开始，忙碌的生活逐渐忘却掉了这段生命中的最爱，随岁月的流逝，轮回的时间车轮似乎总让人有回到从前的感念，在终于能够让心灵安静下来的时候，让曾经温馨的回忆，描摹充实了现实的生活，滋味依然动人。

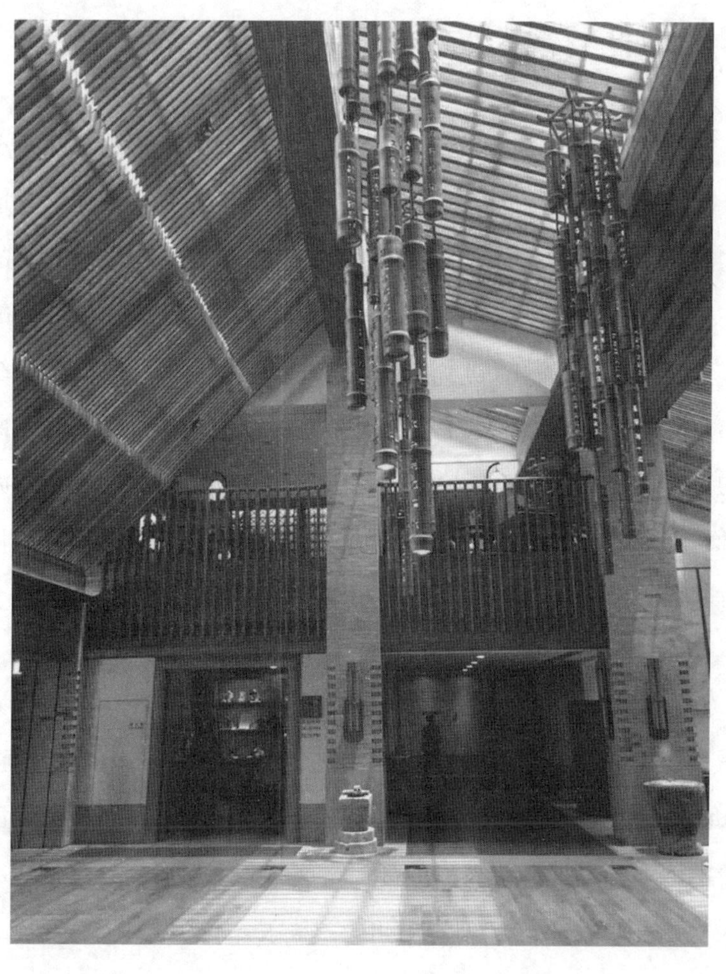

幸福在美丽的夕阳下

汽车奔驰在高速公路上，车内的我们窃窃私语，有一搭没一搭的聊些女人间的私语，不时爆出热烈的笑声，洒满高速公路，使路途变得很近很近，很快便已经到达苏州。

苏州博物馆矗立在太湖边，一栋宏伟的建筑。走出车门，夕阳的余晖洒向大地，洒向茫茫的湖水，湖光山色，亭台楼阁，在这秋日的渲染下，蒙上一层绚丽的金色而变得气宇轩昂。湖水清新的气息夹杂些许的腥味扑鼻而来，黄色的芦苇荡成了这湖水中原始的点缀，青青水草在清澈的湖水下随波荡漾，与黄色的芦苇荡相缠绕，相结合，似乎成为了这水中完美的组合。红色的落日，犹如一面红色的镜子悬挂在天边，一轮红日的倒影映在湖水里，随湖水的波光闪烁着耀眼的光芒，这天边的一颗，水里的一颗似乎竞相展示自己独特的美，以炫目的魅力吸引人们的目光。

“夕阳无限好，只因近黄昏”“枯藤老树昏鸦，小桥流水人家，古道西风瘦马，夕阳西下，断肠人在天涯。”当心头闪耀出这样的诗句时，才发现自己对于夕阳的诠释竟然全是伤感。心头全然没有颓废的落寞，只觉得与心情不符合，这“落霞与孤鹜齐飞，秋水共长天一色”的落日下，夕阳温和的余晖竟是那么得温暖、安详、平和、美好，一如我此刻的心境，恬静、悠闲、安宁。

原本繁忙的工作日能够偷闲在此，在苏州的太湖边欣赏这落日的余晖，一种幸福之感袭上心头。没有了左右为难的纠结，没有了市声汹涌的繁华，没有了你输我赢的竞争，在自己心湖中永远有这一泓永不屈服的宁静。忽然之间顿悟，生命的过程不仅仅只有赶路的艰辛，还需要好好享受这过程中的每一道风景。当自己用平静、祥和的心态来看世界时，这世界似乎真的就如我们的印象般美好，一切皆来自于自己的心态啊！但得夕阳无限好，何须惆怅近黄昏？

三三两两的人们胜似闲庭信步，蹒跚在湖边的长桥上，互相留影，互相嬉戏，甚至在湖边的凉亭里跳上一曲肚皮舞，一曲感恩的心手语舞。我们把笑声、把欢乐留在了苏州太湖边！夕阳西下时，快乐、自信的女人们用自己的方式诠释着生活的美好，尽管我们都已经不再青春年少，却更懂得生活，更珍惜友情的弥足珍贵。

再回首，西下的夕阳越发柔美，大红的光芒渐渐蜕变成了橘黄，不再耀人眼目，而是十分柔和明亮，像个俏丽的少女一样温存、恬静。水中的倒影也显得愈发温和，在闪闪的金色上蒙上了一层轻纱般的清明。它向西缓缓地退着，我伫立在栏杆旁，凝望着那朵毫无瑕疵的白云，在蓝天的衬托下那么得纯洁，在夕阳西下时留下自己的倩影，那微微昂起的头颅，似乎对遥远的未来充满了必胜的信心！这一影像成为了今天的最爱，尽管短暂却是生命中值得回味的精彩瞬间！一幕幕精彩瞬间似乎串成了人生丰富的珠链，使生命充满了生机与活力！

爱这美丽的夕阳，爱这夕阳下的瞬间，爱这些自信美丽的女人们！

关于爱情那些事儿

（一）男人的红颜知己

春节的脚步临近了，所有忙碌的生活可以暂时停一停脚步，让人们多了思想的空间，也让人们多了工作之外交流的空间，有了这些交流让人与人之间的距离一点点的接近，让互相之间的了解和默契也一点点的增加，因此明白春节是续写人缘的节日，让亲情、友情通过节日的渲染有了更深刻的阐释。

终于可以陪陪家人吃饭聊天、终于可以和朋友聊聊曾经刻骨铭心的往事。

于是在这个节日中，收获了一些关于爱情的话题，虽然对于主人翁来讲都是陈年往事，也许已经尘封的往事都愿意随历史的尘埃而流失，当这个属于团聚、属于交流、属于叙旧的节日来临，往事又一点点地浮现出来，让自己可以和最好的朋友一起分享。

某日与友人相约去办点小事，在办事的过程中友人接到一个电话后开始六神无主、魂不守舍、左顾右盼，即关切地问了句：“你怎么了？”

他回答："一个朋友出车祸了。"

看他从未有过的慌乱，又追加了句"是什么样一个朋友？"

"一个比妻子还重要的朋友，是我第一个第一个……不过你不要乱想，不是你想象的那样，但就是很重要。"

"理解了，她现在情况怎么样？"

"我也不清楚，在送医院的途中。"

语无伦次中显现出孩子般的无助，真的不知道该怎么安慰他，只能在心底祝福他心目中的重要朋友能够平安无事。

"我不去楼上朋友那里了，我必须今天回去"是我听过的一句还算没语病的话。随后一通的电话不停的打，出于礼貌我没有去听他电话的内容，只是从他那着急的表情，从未有过的失态，看出来这个人真的对于他很重要，重要到必须立即飞奔到对方的眼前，才心安的急切。

办完事后，朋友随即离开，望着他远去的背影，心底一遍遍祝福他的朋友，同时也祈祷他自己不要因为慌乱而出任何的状况。

当了解到实情时，他已经在归途的列车上，原来是多年前他曾经辜负过的一个女人，一个曾经和他青梅竹马两小无猜，一起上下学的女人。当这种曾经单纯的友谊随年龄的增长质化成爱情的时候，他通过努力考上了清华大学，几年大学生活改变了他的理想和价值观，曾经青涩的爱情也逐渐淡漠，可那女生却一直在默默地等待，等待心目中的白马王子学成归来娶她，一起过小时候曾经共同梦想过的生活。然而苦涩的等待最终没有结果，失望中，她嫁给曾经追过自己的同学，开始了为人妻为人母的生活。所以他觉得自己这辈子最亏欠的人就是她，如果可以一定要补偿她，哪怕付出一切也愿意！

当知道这些的时候，我被彻底地震撼了，总以为只有在小说中才出现的爱情，今天居然如此真实地出现在我面前，并且发生在自己的好朋友身上。

“你真的舍得付出一切？”当我问出这句自己都觉得很幼稚的问话时，对方沉默了，我知道这句话击中了他的要害，也就是现实根本不允许也不可能让他再做什么。因为自己已经经历过、也曾经辜负过，也曾经被负过，所以才让人痛苦，才让人感觉到已经失去了对生活的憧憬。

“今天是我的结婚纪念日，我答应妻子要陪她逛街、陪她一起过我们的日子，而这时候我选择了去看另一个女人，你觉得合适吗？”他这样问我。

“当然不合适，对现在的妻子来讲有些残酷，但是也应该可以理解，毕竟对方出车祸了，作为朋友也应该去看看。”

随后引出了关于红颜知己的话题，正好四人帮朋友中的男性有了关于红颜知己的探讨，大致红颜知己是懂自己的那位，妻子是爱自己的那位；病床边妻子是因为爱而哭泣，红颜知己是因为懂而不哭，却知道该怎么安慰和接下来怎么做；妻子是身体的互通，而红颜知己是心灵的互通。而他恰恰应证了探讨的内容，车祸中的那个女人应该是他心灵中的红颜,所以也理解了他上午的所有言谈举止。

朋友的红颜知己最后无大碍，听说当天晚上他们互相交流到凌晨，直至要踏上回无锡的列车。我一直很欣赏朋友贤惠的妻子，也很喜欢他可爱的女儿，心底里羡慕他有一个幸福的家庭和一双美丽可爱的儿女。他应该真的很幸福才是，既有温柔善解人意的妻子、又有互交心灵的红颜知己、还有我们这些宠着你、保护着你、理解你、懂你的四人帮好友,你的人生夫复何求？知足吧老哥！哈！！！

我的“白色”情人节（之二）

清晨出门，清冷的风儿不禁让人打了个寒颤，小区里停放的汽车上凝结了一层薄薄的雪花儿，天空零星的飘飞着片片洁白的雪花儿，像邻家调皮的孩子吹出的泡沫般飞洒，钻进先生协助启动着的汽车里，暖暖的空调已经将档风玻璃上的雪花融化。

倒车出小区门驶向公司方向，汽车收音机里播放着邓丽君的《我只在乎你》，“人生几何能够得到知己，失去生命的力量也不可惜，所以我求求你别让我离开你，除了你我不能感到一丝丝情意……”

少女时代即耳熟能详的歌曲，给这依旧寒冷的初春，带来了温馨的往事回忆。

和着歌声女主持人温柔的声音飘出，恍然大悟原来今天是“情人节”，电台推出白色情人节特别节目，主持人特意挑选了一些怀旧情歌在这样一个充满温情的日子里播放，一路上心情始终沐浴在充满温情与浪漫的遐想中。

尽管是节日，踏入公司的瞬间，心情旋即调整为工作状态，作为职场人士，工作依然是这星期第一个工作日的主旋律。逐渐地在工作中忘记了节日的存在，记起今日还有一份合同要去签订，随即赶去客户公司，一路上，车载收音机依旧传送着节日的祝福，传送着怀旧的情歌，节日的氛围伴随我行进了一路。

回到公司已近正午，踏进公司的大门，前台露出神秘兮兮的笑容。进办公室，见一大束白色的玫瑰散发着特有的清香摆放在办公桌上，含苞待放的洁白花朵上喷有银色的亮片，一朵紧挨着一朵，互相簇拥着争相散发着美丽的芬芳，是那么得纯洁透明，一大捧白色的花儿中心用绛红色不知名的花儿点缀起心型的形状，在白色中迸发着勃勃的生机，预示着积极向上的人生般曼妙。一同外出的八卦助理走来数了数，整整 99 朵，心情为之震撼、为之感动，真的很用心耶,内心猜出大概是谁送来的,感觉很开心很甜蜜也很感激。白色花儿旁边别了一朵红色的苹果形状的纸片，在白色的花儿间熠熠生辉，助理急忙上网查了查，103 没有花语，呵呵，心里窃笑助理的八卦，103 显然是花店的编码嘛。

助理告诉我白玫瑰花语，天真，纯洁，也象征友谊的地久天长，听到如此解释白玫瑰花语，我且踏实受用这份浓浓的情意。顾不得细赏美丽的花儿，接到朋友电话得赶午宴去，在这样的日子能够收到如此曼妙如此美丽如此丰盛的花儿，应该是每个女人内心的梦想，幸福的心情伴随了去参加午宴的一路，同时内心也充斥着无限的感激与感动、感恩的情怀。

通过一个长假的修整，再次相聚的同学们似乎都具有蓄势待发的力量，个个红光满面，看来春节都过得很滋润呢！哈。

老同学在这样的日子相聚，互相调侃的欢声笑语不断地飘荡在优雅的房间里。午餐正酣时，服务生问哪位是我，哪位是其他二位美女同学，大家又再一次收获了白色的玫瑰，哈，幸福的滋味无与伦比，当同学大哥的好友真的很幸福，去年情人节的玫瑰还清晰地记在脑海里，真的很感激大哥的一片心意。内心的感激无以为报，只有将这些感动的时刻深深地铭刻在记忆的最深处，祝福大哥们情人节快乐，永远的甜蜜幸福！

回家已过八点，开门迎接的先生笑眯眯殷勤地递上粉色的盒子，是一盒心型巧克力，打开盒子一颗颗银白色纸片包装的精致巧克力嵌在金黄色的塑料壳里，犹如一颗颗晶莹剔透的珍珠般惹人怜爱，而舍不得品尝。孩子般欢呼雀跃，欣喜地藏进自己的包包里，又一次品尝到了幸福甜蜜的滋味。

“肚子饿了吧？”淳朴的先生转身跑进厨房，确实已经饥肠辘辘，体贴的先生瞬间即端上热气腾腾香气扑鼻的晚餐。餐后牵着乐乐和先生一起外出散步，调皮的乐乐不时地走着S步，东闻闻西嗅嗅，走在小区的路上，寒冷的天气已经让人们早早休息了吧？小区的道路显得有些寂静，与今日节日的氛围似乎有些不协调，而我的内心却是充满着温暖、温馨与甜蜜。

在这一个情人节的日子里,收获了白色的玫瑰,象征亲密无间、天长地久的纯洁友谊，友情适时也需要修饰和妆点，有了浪漫的情调，友谊之花也如芬芳的玫瑰般放射出恒久的魅力。

同时也收获了甜甜的巧克力，象征了婚姻生活的甜蜜和平淡，平淡的婚姻生活中偶尔也需要巧克力的甜蜜滋润，才能让婚姻生活保持恒久的温馨。

在这个情人节里，同时收获了弥足珍贵的友情和爱情，吾生足矣，吾将今日界定为我的白色情人节，以飨心灵，以飨记忆，以飨生活！

禅茶一味，皆如人生

经过多次蒸煮的茶杯，不经意间有了小小的豁口，因为那花纹触动心底软软的喜念总是舍不得丢弃。昨镊子未紧失手打碎杯盖，再也无法将就这残缺的杯，不忍也只能丢弃，仿佛丢弃曾经的一份心绪。

换上这套新杯，秀气的漏勺，优雅知性的壶，小巧秀丽的杯，刚刚用上便爱不释手。茶叶入杯，一片嫣红的温热，传递手心，轻轻地洗茶，洗杯，洗心，嫣红的茶汤，缓缓入杯，缓缓倒入茶盘，仿佛清洗着一次心灵的尘埃，仿佛清洗着一段生命的过往。心，随即静下来,随红色的茶汤淡淡入怀,一份悠然,一份静逸,一份闲适。

禅茶一味，恍如人生，固守坚持的也许不是生命需要的本真，随缘所适的淡也许生命的底色，心底的念随茶一步步熏染，朦胧，迷离。

一杯茶汤入唇，一股暖意随茶温热身心，印入心田，淡淡的喜，淡淡的欣，淡淡的纯，淡淡的情怀在心尖。

常捧温润的暖香，望那，片片叶绿，静谧升华。茶里韵开，几朵飞花，一颗心语，沁入心脾，至纯至美！生命若水，默者强，耳外是红尘喧嚣，心中却是风轻云淡。茶香如梦，无声；茶似心歌，胜有声！

人生如茶，茶如人生，禅茶一味，禅茶一心。不同的接待对象，沏上不同的茶。菊花，清淡甘怡，明心见性，淡淡的，飘着微微的清香，几朵雏菊飘逸在清澈的水里，潇潇洒洒飘然洒脱，恰如云海里飘飞的仙女，仙风道骨，怡然自得。普洱，浓烈的酱红，醉人的深红，滋味浓醇，舌根生津，清爽滑润，一股热流澈入心肺，琼浆玉液般甜爽，恰如热烈奔放的熟女，激情漫溢，国色天香。

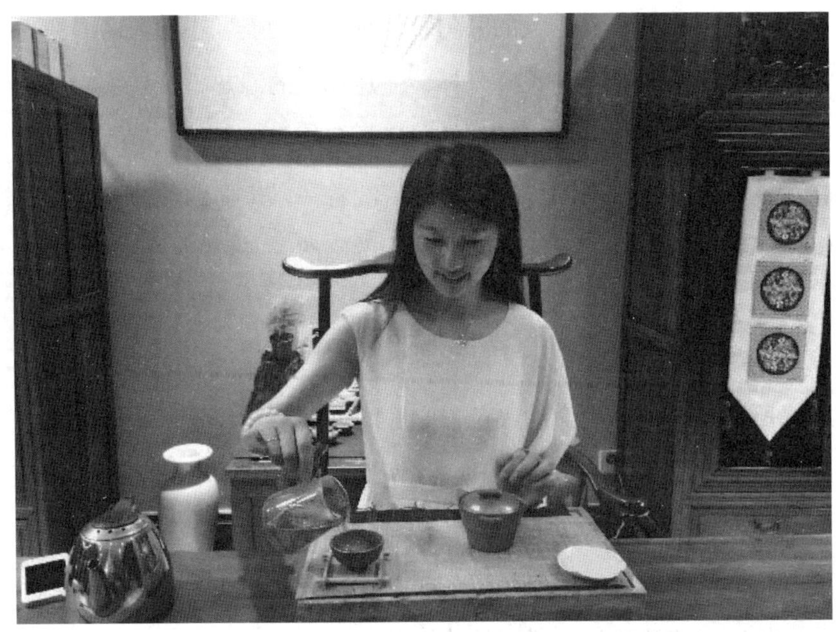

女人的眼泪

不知为何总想流泪，想痛痛快快地挥泪一场，多少个日子在飞转的时间飞轮中蹉跎过一天天的岁月，日复一日，年复一年，周而复始着同一件事同一种生活同一个领域，重蹈覆辙在事业、家庭的双重压抑中奔波游走，连静静地思考、静静地流泪都成为奢侈的念想，女人的悲哀啊！

都说女人是水做的，水做的女人温文尔雅、贤淑惠中、软玉温香，才情满溢，愿意做个柔情似水的温婉女人。无数个逝去的旧日时光竟然逐渐荡涤了那些女性应有的柔情、应有的温婉、应有的婀娜，女人的失落啊！

漫长的近三千多个日日夜夜的拼搏，以坚强树起的表面盔甲已逐渐在外表眷刻上职业形象烙印。常常将溢出眼眶的泪又吞回肚里，告诫自己眼泪已不属于这个年龄，不属于这个季节，不属于这个职位；常常痛苦但没有泪，紧缩的眉头不知不觉中以“川”字形成在双眉中；常常被人艳羡家庭幸福、事业有成，因而偶尔自己也觉得生活在蜜糖中，似乎上帝给了特别的眷顾，却又为何总也有无法驱逐的忧愁？总也无法爽朗地开怀大笑？总也无法心平气和地面对过失与变故？原来始终是无法割舍，始终无法坦然地放弃，懂得放弃是一种美是一种境界是一种胸怀，而我却依旧是一个心胸不够豁达的女人。

不是理智到不会感动，不是坚强到不会落泪，如果连感动都成为一种奢侈，如果连流泪也需要寻找时间和空间，作为女人其实真的很悲哀也很无奈。

彷佛重又轮回至创业初期时忙碌的状态，竟然又是一种迷茫蔓延开来，即使难得的一次放松，随之而来的却又是被无尽的忙碌取代。身为女人并不想将事业成就到多么庞大而辉煌，然而这条艰辛的道路越走越远,越走越宽敞,取之而来的却是满腹的疑问和辛酸，苦苦追寻、疲于奔命，究竟是为了什么？想得到什么样的目标？

并不特别地期待能够有多少荣华富贵这些身外之物，从来没有为未来岁月做过长久的规划，总是日复一日行走在这条路上，依然会有荆棘丛莽、依然会有坎坷泥泞、依然会有拦路的豺狼虎豹，真的累了、倦了，倦鸟也能归林，而属于我的林又在何方？始终是一个未了的梦！

在这个悲凉的秋夜，偷闲起这些无病呻吟的文字游戏，然而只有在这样的文字中才有一个真实的自我展现。如果岁月能够峰回路转，宁愿去做一名辅臣，不想再用柔弱的双肩去承担起遮风避雨的大梁。此时已泪雨滂沱！

朋友

“朋友啊朋友，你可曾想起了我，如果你正享受幸福请你忘记我；朋友啊朋友你可曾记起了我，如果你正承受不幸请你告诉我。”<朋友>的歌声再次在耳边响起，让我又一次得到心灵震撼，重新深刻感受到朋友两字所蕴含的份量和意义。

朋友的涵义曾经无数次在古今中外的诗词歌赋中得到诠释，这些诗词作家也曾经留下了许多不朽的篇章，今天本人也来谈谈个人对于朋友的看法。

每个人都离不开朋友，朋友就像是你的双眼，虽然永远是一道平行线，但会用一如既往的默契替你扫清前行途中的荆棘丛莽；朋友就像你的双手，虽然各自会有不同的生活空间，但在你感到寒冷的时候紧握住双手给你传递温暖和热量；朋友就像是你的双腿，有了互相的协调和支撑，才能把脚下的路走稳走顺。

朋友是一把伞，可以替你遮风挡雨，没有朋友惟有默默承受雨淋心头的那份伤痛；朋友是一种心的交流，在语言的撞击中你或许能得到意想不到的快乐；朋友是我们站在窗前欣赏冬日飘零的雪花时手中捧着的一盏热茶，弥漫着淡淡的茶香让你心境渐渐平静泰然；朋友是春日来临时吹开我们心中冬的郁闷的那一丝春风，让你感受到盎然的新意；朋友是收获季节里我们陶醉在秋日私语中的那杯美酒，越品味越浓越醇……

朋友不一定需要每天厮守在一起，共同度过生命的任何时光，偶尔的简单问候就能够让对方感觉到牵挂和快乐；朋友不需要常常联系，但一定会把彼此珍藏在心里；朋友不一定是你成功路上的支持者，但一定会成为你坚强的情感后盾；朋友一定是在你孤独无助的时候你的心底第一个想到的人，朋友不一定是在你获得荣誉和你一起分享成功的人，朋友不一定是在你幸福快乐时候你想让她和你一起分享快乐的人。

朋友不一定会给你锦上添花，一定能给你雪中送炭，当你遇到挫折而感到抑郁的时候，向知心朋友的倾诉可以使你得到疏导，只有对朋友，你才可以尽情倾诉自己的忧愁和欢乐。那压在我们心头的一切沉重，通过友谊的肩头被分担。

没有朋友的日子，你的生活会如一潭死水般毫无生机；没有朋友的日子，你会在黑暗和孤独中摸索生存；没有朋友的日子，你的生存目标会越来越偏离人们的视线；没有朋友的日子，你的生命将是不完整、残缺和空洞。

希望你成为我的朋友，共度生命中的沟沟坎坎……

秋夜有雨

寒冷秋夜，雨丝不断划过车窗，雨刮自动追随着雨滴，不时让车窗变得清晰，一轮又一轮永无止境般横扫。

昏黄的路灯映照着马路上的雨水一片昏黄，让人有些眼花缭乱，每每在这样的雨夜，总会短暂的迷失方向，总会莫名的伤感，脑海里一个个感伤的镜头一一闪现，总在这样的雨夜，想起生命中无数的过往，无数的人，无数的事，让感伤一点点弥漫心头。

偶然的宴席，多年未曾谋面的朋友相聚，推杯换盏中畅叙着往事，一幕幕懵懂无知的往事一点点舒展。多年之前的扬州之行，在这样的日子里被唤醒，纯真的年华里简单的想法、做法，事实被多年的误解所掩埋，如今才恍然大悟。

于我，仅仅是生命里的一段浮云，没有留下任何的印记，过眼烟云般的这段往事一笑而过。

曾经刻骨铭心的往事，对于经历过的人，总会不断地回味和铭记。同时需要为自己的不堪行为找个理由和借口，而我就是那个借口的最好突破口。借口也罢、理由也罢，终究是一段往事，依然可以随时间尘封在记忆里，只是听到曾经的配角已经作古，触动了心底柔软的情怀，不知不觉泪湿眼眶。

方觉生命无常、人生短暂，一个人生命中没有多少个日子可以萦回在那纠结里，珍惜眼前拥有的一切，珍惜生命中每一个朋友，珍惜眼前的生活，惜缘惜福，因为一生中可以相聚的日子真的屈指可数，没有任何事最终不被时间的流水冲淡，最终被蒙为过去，多年以后再回首，又是一段可以一笑而过的往事。所以放下即心宽，放下即心舒，放下亦心愉，如此，在这秋夜的雨中再一次释怀。

蜕变

流逝的时间长廊缓缓陈列着历史的相片，岁月的尘埃渐渐迭荡着尘封的记忆。忙碌的人们在时间的磨砾下或沉伦、或奋发，无论或喜或悲，都带有了生活的印迹，这种生活的痕迹像深深的烙印刻在每一个求索者的眉宇间，于是我们每个人身上都带有了自己特有的烟火气息。

几年不见的朋友再次相见，除却有老友重逢相聚的喜悦，也有久未谋面的隔膜，更多的却是对生活磨砾蜕变出来的友人的敬仰。

四年前从美利坚归国创业的友人，完全生活在丈夫的安排下，她明眸皓齿、顾盼生辉、娇小玲珑、美丽、优雅而妖娆，是那种养尊处优，似乎不食人间烟火的仙女般，让人一看就顿生怜爱之意的小鸟依人型女子。这样的女子似乎天生只属于被优秀的男人用保姆，用金钱，用豪宅小心翼翼赡养的富家太太。

当年自主创业已六年之久的自己，经历了创业期间的种种磨难，内心多了份坚韧，和洞穿世间冷暖的慧眼，对依附男人生存的女子嗤之以鼻。如今想来却是那样得肤浅和幼稚，当时与她之间的交往除了真心欣赏她的美丽和自己所缺少的那份女人味之外，认为她是断然不属于事业型的女子，做事业也是花花架子般虚空。

于是这些年鲜有联系，直至最近朋友的来电把遥远的记忆又拉回到了四年前的现实，记忆中鲜活的形象再次活跃起来，朋友美丽容颜再次展现在脑海，有了再睹尊容的念想。（美丽的女子，女人也一样喜欢和欣赏哦。）

在一个阳光明媚的午后，放下满身的事务抽身而退，奔驰在运河东路上，心中充满了对朋友的好奇心，这几年过去了，想来她应该有了一个更美好的归属，怎么又想到去开了一家早期教育机构？

带着这样的疑惑和迟到的愧疚出现在朋友的早教中心门口，偌大的接待大厅，明黄的色彩，可爱的儿童字形的早教中心字样，扑面而来温馨而阳光的色彩,让人一进入就心情愉快。朋友发髻高挽，白晰皮肤神采奕奕，依然明眸皓齿，依然顾盼生辉，依然美丽，依然妖娆，眉宇间却多了份坚毅，虽然眼角已经有了浅浅的眼袋，却更多了份时间磨蚀后的成熟。专家似的如数家珍般介绍起中心开业以来的种种境遇，言谈举止，举手投足间已经全然没有了往日的柔弱，没有了往日养尊处优的优雅，完全蜕变成了一名职业女性的形象，由内而外的滋生出女性特有的魅力，像磁铁一样牢牢吸引住了人们的目光。

如果说曾经的她是一只美丽炫目的花瓶，而如今却已经是内涵丰富，风韵迷人的青花瓷，风采不减当年的魅力女性。我想这几年她一定在市场竞争中经历了些许的历练，才能在自己行业稳步发展的前提下再创新业。谁说美丽的女人只有依靠男人才能过上自己想要的生活？那是懒惰、不思进取、好逸恶劳型女子的生活所求。

有思想、有能力、有个性的女子断然不会愿意只是男人附属。朋友恰恰是女子中优秀的典范，敬佩与仰慕之心油然而生，谨以此文，祝福好友在事业的长河中越走越远，越走越坚实，越走越成功！并以此文，警示曾经肤浅的自己，警示余生。

为别人的精彩喝彩

参加多了婚宴，早已司空见惯了婚礼的仪式，今日的婚礼司仪别有风味，让婚礼因了他——婚姻司仪而让人感觉除了对新人的祝福外，更多了一份热闹、喜庆和艺术的氛围。

传统的交拜、对拜、祝辞、香槟、蛋糕一系列仪式结束，主宾入席正式开始晚宴，接下来时间留给了司仪，一曲《溜溜的她》，将颇有少数民族风情的歌曲演唱得充满喜庆与活力，接下来一曲摇滚混搭的串词歌曲，强烈动感的音乐将婚礼推向了高潮，宾客几乎所有人的眼球都被眼前舞台上的司仪所吸引，尽管人们都很热烈但是却很吝啬掌声。在司仪调侃中掌声才稀稀落落地响起。

不知现代人是否已经麻木到对眼前表演者的精彩司空见惯了呢？还是人们实在觉得鼓掌对自己没好处？总之在司仪的一再要求下，才有部分人举起尊贵的双手，响起零星的掌声，司仪先生却依然投入地唱着自己的歌，不禁油然而生一股敬意，不因观众的情绪而影响自己的发挥，依然故我地演绎着，将这份崇高的责任演绎到底。最终人们可能觉得自己太过于吝啬，最后把雷鸣般的掌声送给了司仪。我想人们是真的被表演者的真挚所打动呢？还是终于在内心深处有了共鸣，如此认真、如此用心的演绎应该以热烈的掌声去报答表演者？

为别人的精彩喝彩代表了对别人的认可，是一种豁达大度的胸襟，是一种社交礼仪，也是一种对别人付出努力的尊重和支持，同时更是一个人人文素养的集中体现。

站在舞台上的每个人都渴望喝彩和掌声，如果没有掌声互动，表演者一定会觉得乏味无力，而丧失表演的欲望和信心，草草去完成自己的表演，这在表演者和观众之间缺乏了一种互相认可，互相支持，互相理解的默契，我想没有掌声的舞台一定不是完美优秀的舞台，是一种残缺的舞台。

国人兴许被封建思想严重束缚到性格普遍内敛和羞涩，抑或有些小家子气？连掌声都羞于大胆地给予？不知道是否是国人的普遍悲哀？记得在欧洲的日子，每天独自出入于酒店电梯，每每遇到陌生的脸孔，人们总会热情的微笑着招呼“hello\good morning \good afternoon \good evening”等见面寒喧语，给独自旅游的生活带来了一丝暖意，每每忆起总特别得温馨。所以无论参加任何的宴会、任何的活动、任何的游艺，总会毫不吝啬的把热烈的掌声送给表演者，不管对方表演得是否精彩，孤掌也许难鸣，如果孤掌能够吸引人们去追随，孤掌将不再孤独，国人也将不再吝啬掌声。

为别人的精彩喝彩吧！或许你只是付出掌声的支持，然而这掌声却是表演者的精神动力，决定着一场演出的胜负，听说掌声能够让人延年益寿，呵呵，这益人益己的事情何乐而不为？

享受孤独

暖暖的阳光洒满这农家小院，院子里槐花正开，散发着淡淡的幽香，微风轻拂脸颊，空气中弥漫着泥土清新的气息，深深地呼吸一口散发着泥土芬芳的空气，独自泡上一壶茶，捧一本书，让身子斜陷入藤椅里，随意地翻看手中的书。乡村的白天不像城市永远淹没在汽车的噪音里，只是偶尔有一两名村民路过，并不妨碍独自享受这份难得的寂静。

院子角落里的油菜花黄灿灿的，争先恐后地探着头，旁若无人地开放，每年的这个时候它都会自由地开放，不需要浇灌，只是种下几棵油菜籽就能在院角生出些如今居住城市的人们向往的美景。

很久没有如此得清静、如此得闲暇、如此得寂寞，孤独像洪水一般袭来，却感觉这久违的寥落很符合我，身孤独而心不孤独。这陶渊明式、世外桃园般的生活环境，对于乡村人们来说是司空见惯，而在我竟是一份奢侈的享受，终于明白生活中总有太多太多的烦恼和不如意，不同生存环境的人们有着不同的烦恼，人们奋斗不息的目标也许相同，都在为了生存或者生存得更好而奔波。

随意放飞自己的思想，很可笑自己竟然幻想得如此之“远”。“采菊东篱下，悠然见南山”陶先生的诗是一份悠然自得的乐，这苏北平原地带没有山，菊花也只有在秋季才得以绽放，然而这春日的午后依然让我找到了一份陶式的悠闲沉静。

渐渐在这份寂寞中找到了真实的自我，虽然久居都市，但自己原来并不喜欢城市的喧嚣，并不喜欢纠缠在纷繁的事务中，还是喜欢简单的生活，喜欢在这样的静谧中独自享受自然的纯真韵味。现代人都很崇尚自然，然而如今的自然多多少少又冠上了人工的身影，人类确实很伟大，能够将自然人工化，却不能做到神化自然，这也是人类的悲哀吧？

连日来心烦如麻的喧嚣尘事竟一点点地淡然，像失忆般地丢在脑后，心如止水般平静。原来任何时候任何事情发生，只要懂得暂时放一放，让时间去解决，一切问题都变得不那么严重，一切问题都能够迎刃而解，换一种方式、换一种环境、换一种思维方式，就能够得到别样的收获。

音乐之魅惑

端坐在大会堂演播大厅，多年没有参加过这样的音乐会，人声鼎沸有少许不适应。依稀记得几年前陪儿子参加过郎朗的钢琴音乐会，世界级钢琴大师郎朗用翻飞的手指在键盘上跳动着激越的舞蹈，有时是柔美的芭蕾，有时是激情的探戈，有时则是优雅的华尔兹。第一次震撼在那或铿锵、或悠扬、或细腻的琴声里，那绕梁的余音仿佛依然飘散在大厅里，这演播厅在我的记忆里只有那场回味无穷的钢琴音乐会。

今天是“第八届音乐金钟奖全国二胡比赛暨2011无锡二胡艺术节”，是“盛世金钟——二胡、琵琶名家名曲交响音乐会”开幕式，同时是无锡人民音乐的盛典，也是纪念无锡籍二胡大师阿炳的日子。红色的舞台、巨大的盛世金钟展示着恢弘的气势和喜庆的色彩，着黑色裙装的大小提琴组合成的管弦乐队盛装待发，让你被喜庆庄严的氛围包围，有朝圣之感。二胡以其悠扬的曲调表达着或哀怨、或激昂、或沉静、或唯美的心情，既适宜表现深沉、悲凄的内容，也能描写气势壮观的意境。曲调不同，其表达的情感也不同。没来得及晚餐，嚼上几口面包，期待着这场二胡盛宴的到来，也可算得上是废寝忘食了。

演出在无锡籍二胡演奏家邓建栋与无锡少年宫、文化馆老中青四代齐奏的二胡名曲《光明行》中开场。庞大的人员气势与优秀的大小演员们倾情演绎，旋律明快坚定，节奏富于弹性，表现了宏大的气势，讴歌了追求光明的勇士和他们所追求的光明的到来，以明快的节奏渲染了开场的积极向上的欢快气氛。人们不时报以热烈的掌声，给予台上的乐手们以最高的奖赏，沉迷在音乐的殿堂里，忘记了一切事物的存在，唯有音乐在耳边回旋。

以连续剧《乔家大院》敞开的院门里为背景，用二胡和管弦乐队合奏演出了一段乔东家立誓爱国、诚信、创新、进取的精神，以及男儿壮志后的缠绵悱恻的爱情纠葛，高亢的乐曲表现了乔东家积极向上、锐意进取、百折不挠的精神，哀怨的乐曲声时而呼号、时而低沉，不知不觉间居然流下泪来，不得不为音乐之神韵而倾倒。

琵琶演奏《十面埋伏》。乐曲描写公元前202年楚汉战争垓下决战的情景。汉军用十面埋伏的阵法击败楚军，项羽自刎于乌江，刘邦取得胜利。明末清初，《四照堂集》的“汤琵琶传”中，曾记载了琵琶演奏家汤应曾演奏《楚汉》一曲时的情景：“当其两军决战时，声动天地，屋瓦若飞坠。徐而察之，有金鼓声、剑弩声、人马声……使闻者始而奋，继而恐，涕泣无从也。其感人如此。”《十面埋伏》用快速的节奏表现了金戈铁马，你死我活的无情战争场面，激荡起人们愤慨的战斗情绪。

幽默诙谐的《蚂蚁》，表现了蚂蚁结伴觅食所遇到的困难和觅食归来后的喜悦情怀，二胡艺术大家以其幽默的造型配以幽默的乐曲，妙趣横生，让人忍俊不禁。

当中国民族乐器二胡碰上西方爱情故事《泰坦尼克号》，给观众以全新的视觉听觉，向观众展示了中西合璧的音乐的神奇力量，音乐无国界，二胡无国界。电影主题曲《我心永恒》在协奏曲讲述主人公相遇、相爱、撞冰山等情节，采取了戏剧化的表现形式来演绎这段生死离别的爱情故事。

无锡的二胡之夜《二泉映月》将会成为二胡永恒的主题，《二泉映月》自始至终流露的是饱尝人间辛酸和痛苦的盲艺人华彦筠的思绪情感，作品展示了独特的民间演奏技巧与风格，将人间的疾苦，泉水映照下破碎的月影，作者苦闷的心情演绎得淋漓尽致，让所听之人不得不为之动容，为之落泪。

………

最后在著名二胡老艺术家闵惠芬演奏的《赛马》声中结束。“赛马”作为一种民间的娱乐体育活动一直很受人们的欢迎，尤其是少数民族如：蒙古族、西藏等，“赛马”是他们必不可少的娱乐体育活动。记得 8 月份那次西藏之行就曾经亲身感受过赛马的乐趣，二胡曲《赛马》就是描写赛马时骏马奋蹄疾驰，赛马手兴高采烈一争高低的情景。以其豪放、激情、热烈地相协，渲染了赛马场面热烈欢快的气氛。

连日来的人事纠葛让情绪有些烦闷，走出演播大厅时已全然忘记了那些不快，这场音乐的盛典成了心灵的调节剂，让心情逐渐在音乐声中沉静下来。有音乐相伴的今夜一定无梦！

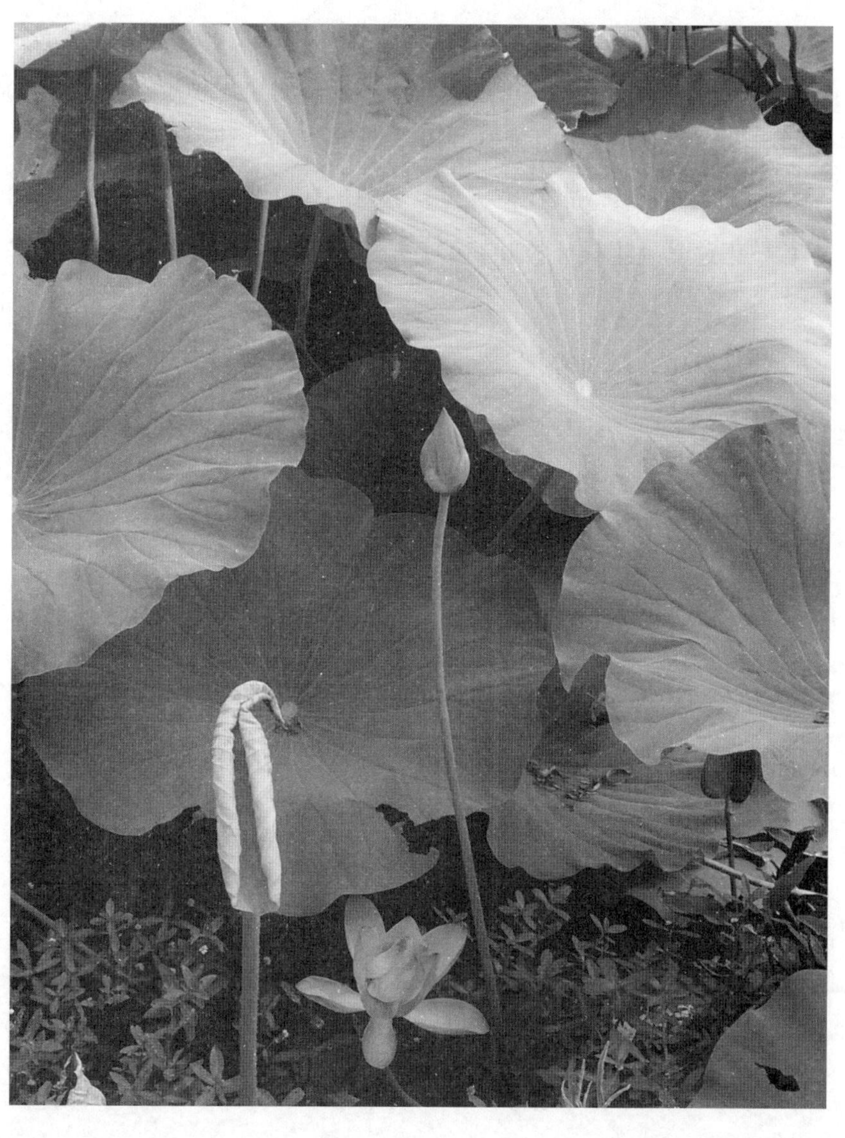

酌酒一杯，思绪万千

秋日的午后，金色的阳光洒满院子，防腐木桌椅散发着桐油的清香，潺潺流水从假山上倾斜流出，流出水的韵律，似一曲悠扬的泉水奔流的曲子，飞散在空气里，金色的鱼儿来回游弋，假山身后的竹枝正蓬勃地生长，枝叶婆娑，给这汪水景增添了几分妩媚。

静坐院中，微风轻抚，红酒让脸颊潮热、意识微醺、任思绪肆意跳跃飞扬。

国人好客少不了酒的渲染，常能使氛围瞬间变得热烈而喜庆，推杯换盏、觥躇交错，应酬间瞬间消除了人与人之间的陌生与尴尬，于是乎称兄道弟、唤姐呼妹随之而出，似乎一生都为这一场盛宴而来。酒，调动了人们奔腾的血液，调节了宴席的氛围，让每一场宴会都充满了热烈的氛围，让宴席的每一位都仿若已然早已相识许久。

曾见过酒后泪雨滂沱的男士，一扫往日的气宇轩昂，气势汹汹，尽情宣泄着世事的境迁，挥洒着率真、坦然。那一刻竟为之感动，原来每个活着的人，大都带着面具活在自己的世界里，偶尔需要适时的宣泄下自己的情绪，也未尝不可。

曾见过酒后撒泼的男士，一扫往日的文质彬彬、温文尔雅，忽然间发泄着对世事、对人的强烈不满，口吐狂言，倚强凌弱，寻讯滋事，把一场喜庆的宴席，演绎成一场混乱，甚至大打出手，瞬间把自己经营多年的形象破坏。

曾见过酒后甜言蜜语的男士，嘴巴如灌了蜜糖，极尽口才之能事，将女士捧上天，表达如何的爱慕，如何的欣赏，如何的倾慕，不自觉间偶尔把咸猪手左右逢源地搭向女士。

曾见过酒后信誓旦旦，似乎天下之大就他有能，任何事儿，任何问题都能够拍胸脯保证能成事，大有指点江山、挥斥方遒的豪迈。曾见过酒后感觉自己能行，第二天脸上多一块伤疤之事……

世界之大，无奇不有，有酒就更能调和出世界之“奇”观。然而酒后却尽是浮华后的一片虚空，借助酒劲发挥出的所有能力都随酒精的挥发而荡然无存。

于是“酒”对于我，在应酬场合是少而恐惧，恐惧酒后的世界因此而改变。

只偶尔在家里，浅斟浅饮，随性情而酌，虽不能如李白先生“人生得意须尽欢，莫使金樽空对月。天生我材必有用，千金散尽还复来！”的豪迈，也没有杜甫先生“艰难苦恨繁霜鬓，潦倒新停浊酒杯”的悲凉，更没有李白花间独酌“举杯邀明月，对影成三人”的浪漫，无论多少，适度的酒让血液循环，或者借助酒意挥洒一段文字，挥发一种心情，挥扬一次真性情，无需任何的粉饰、无需任何的防备、无需任何的压抑。

院中的花儿已经逐渐兀自凋零，全然失去了初夏时节的妖娆，只有那棵蓬勃的罗汉松依然青翠，让人有些伤感，怜惜那花儿虽然美丽，却好景不常，风光短暂。

昨日独自闲逛湿地公园，只几天未见，秋意甚浓，莲叶开始破败凋零，只剩下几株残枝不屈不挠地生长，湖畔的绿色浮萍一改往日的葱茏，开始渐次枯黄，青葱的芦苇也已经渐次枯黄垂下黄色的枝叶，碧绿的枫叶红了、紫薇也渐枯黄，唯有那柳枝依然摇曳着一片绿色的柳荫，让人有些伤感，因了这份感伤，每天必去的湿地公园，似乎少了些吸引力。喜欢那绿意满盈的季节里，徜徉在一片绿色的天地里，积极地寄托自己对生活对人生满怀的希望。

恍然所悟：春去秋来、花开花谢、春华秋实都是季节的必然，谁也无法永远留住那永久的春。这世间万物，如果流动，就会流走；如果存着，就会干涸；如果生长，就会慢慢凋零。唯一不变的，只是岁月的流逝，和自己那颗心灵的后花园，因时间的累积沉淀而逐渐淡泊的心境。

自己掌握遥控器

常常幻想可以站在彩虹的云端俯视天边的云彩，当云彩变幻出无数的形状，透过赤、橙、黄、绿、青、蓝、紫组成的绚丽七彩，折射出了人生的千姿百态。物极必反，任何事物美妙的都仅仅只是表象，透过表象才是真实的生活——真实的却往往有很多人愿意逃避的生活。

看惯了人生舞台上每一天上演着的人生悲喜剧，或喜或悲、人来人往的背后掩饰着多少的辛酸与无奈？看多了眉开眼笑背后的尔虞我诈，看淡了浓情蜜意后的风轻云淡，看清了人生再多的浮华终究要归于澹泊，心逐渐变得坚强而麻木，是世界变得太浮躁，还是自己变得太苍白？

人们常说性格决定命运，命运是冥冥之中主宰人生的天神，掌握着人们生命之舟的航向，于是常有人感叹命运的不公，感叹命运的厚此薄彼，感叹命运的残酷。而我始终认为命运掌握在自己的手中，靠山山会倒，靠人人会跑，靠自己永远不会倒，多少年来始终坚守这样的价值观沉浮在人海里，虽然举步维艰，却在真实的历练中一步步奋进。

曾经得到过，也曾经失去过；曾经失败过，也曾经胜利过；曾经沉沦过，也曾经振作过，当你在得到和失去的天平上衡量出了互为平等时，总能给自己一份释然欣慰的微笑，也许这是阿Q式的自我慰籍，然而在自己的人生道路上却点燃了那些艰辛的日子，成为日子延续下去最好的阐释。于是总会在恍然大悟的微笑中释然，于是又多了份理解与宽容的心境。

人生本没有痛苦，是因为贪求多了痛苦就来了；人生本没有烦恼，是因为要求多了烦恼就来了；人生也本没有怨恨，是因为欲望多了怨恨就产生了。

春天去了夏天就来了，春有百花争宠的明媚，夏也有花红草翠的俏丽！

月亮去了太阳就来了，月光有月光的温柔，太阳也有太阳的光芒！

帆落下了还有桨，即使落下的是唯一的一张帆也不必向风哀求。

果实落下了还有种子，即使是唯一的种子也还有继续生存的希望。

只要你能驾驶，只要你能奋进，只要你有激情，自己掌握生命的遥控器，把握好自己的未来道路，自如地选择着自己上演的每一台节目，即使错过了也可以选择重新来过，于是在淡泊的情怀中再一次升华对生命的感悟！

最浪漫的事

记得正是今年春华秋实、花红柳绿的四月，一日清晨，独自开车缓缓驶入公司地下停车场，看到一位老先生正试图扶起轮椅中的老妇站起来，瘦削的老先生看起来已力气不济，要把老阿婆从轮椅上抱着站起来是那么的吃力，老婆婆嘴角流着些许浑浊的馋水，老伯伯一边耐心地替老婆婆擦口水，一边必须扶稳老婆婆……这一对老人看上去年近八旬，饱经风霜的脸上布满皱纹，尽管地下车库的灯光有些昏暗，依然能把老人轮廓映照得很清晰，这对似乎风烛残年的老夫妻却展示了一幅相濡以沫的温馨画面。

当时自己的心头被这对老人的相依相靠所触动，想起了赵咏华的那首《最浪漫的事》歌中“我能想到最浪漫的事，是和你一起慢慢变老，一路上收藏点点滴滴的欢笑，留到以后坐着摇椅慢慢聊，我能想到最浪漫的事，就是和你一起慢慢变老，直到我们老的哪儿也去不了，你还依然把我当成手心里的宝……”每个人都有终老的那一刻，如果将来有那么一天，我也老了，先生能够依然把我当成手心里的宝，如此得细心呵护？此生无论贫穷与富贵，无论成功与失败，到老能够修得这份相濡以沫，这辈子足矣！

随着时间的流逝、自己事务的繁忙，逐步忘却了这对老夫妻，在一个阳光明媚的下午，急着外出办事，在公司楼下售楼处的空地上，再一次碰到这对老夫妻，老先生推着轮椅上的婆婆在散步，老先生胜似闲庭信步地慢慢行走，看上去神情悠闲，似乎这就是他一生中的期待。金色的阳光洒在老婆婆灿烂的脸上，老婆婆呼吸着充满阳光气息的空气，一脸的幸福与满足，布满皱纹的苍白的脸庞被阳光渲染得有了生机和活力，我在心里默默地祝福他们健康快乐，相依相伴，一路走好！

如水的日子缓缓流淌，这对老夫妻又再一次消失在我的记忆里，直到最近一天清早上班再一次碰到他们，很惊喜老婆婆在老先生的百般呵护下，老婆婆已经能够举着拐棍慢慢移动脚步，老先生在旁边生怕老婆婆随时会摔倒般紧张，老婆婆居然还在莫名其妙地发脾气，老伯伯依然不离不弃地紧紧跟随着，那胆战心惊的紧张神情，似乎生怕一件心爱的瓷器被摔碎的感觉。让我再次想到："我能想到最浪漫的事，就是和你一起慢慢变老，直到我们老的哪儿也去不了，你还依然把我当成手心里的宝……"

虽然我仅仅只见到过他们 3 次，我相信老婆婆今天能够站起来，老伯伯定是付出了无数个日夜的呵护，也一定遭受了老婆婆无数次的数落，而老伯伯能够坚定自己的信念，帮老婆婆站起来，这需要付出多少的耐心、爱心和坚韧？这份爱心不是三分钟的一时热度，却是这近一年的每个日子的坚持！

我终于理解为什么早上他们不走在小区的路上，因为早高峰时期来去的车辆很多，老伯伯担心老婆婆再受惊吓，而选择了在车辆并不频繁的地下车库锻炼。婚姻的终极就是到老了可以相依相伴，年轻时候的风花雪月最终都会化为现实的生活。都说婚姻是一双鞋，合不合脚只有自己知道，现实生活里只有碰到灾难和疾病时候才更能体现出夫妻情感的真切。婚姻不需要粉饰、不需要繁华似锦、不需要名牌包装，不是一张薄薄的纸质的证书，婚姻是一种责任、是一种平淡的坚守！

谁能说这对老夫妻过得不幸福，他们的婚姻不浪漫？

女人如花，花似梦

——记我那亲爱的八姐妹

梅艳芳一曲《女人花》唱出了无数女人的心声，“我有花一朵 / 花香满枝头 / 谁来真心寻芳踪 / 花开不多时 / 啊堪折直须折 / 女人如花花似梦……”都说女人似花，花似梦，身边的这群女人是那一朵朵绝色花儿，徜徉在生活的长河里，用自己的聪明才智在自己的领域里发挥着巾帼女子的才干，成为各个行业的精英。如一朵朵美丽的奇葩，在自己的时节绽放着别样的美丽。

每一朵都是那么的风姿绰约，姹紫嫣红，曼妙摇曳着别样的美丽，在生活的长河里，各色花儿合为一群，成为八姐妹群。各自都有自己的事业，坚持每月见面，每次见面总能从对方的身上，有所收获，有所学习，每一位都拥有自己独特的气质和人格魅力，每一位都是自己事业领地里的女皇，几乎在自己的小天地里叱诧风云，两年多来成为一个团体，缤纷的生活着自己的色彩。

互相的包容和理解，相敬如宾，更是互相之间那份友情的牵挂，让八颗心紧紧地连接在一起……

大姐，似那芬芳的茉莉，细小的花瓣，在群芳闪耀中显得微不足道，宋·姚述尧《行香子·茉莉花》中所描述“天赋仙姿，玉骨冰肌。向炎威，独逞芳菲。轻盈雅淡，初出香闺……美人戴，总相宜。”写的是清纯，贞洁，质朴的茉莉之美。大姐在姐妹群里就似那茉莉，冰清玉洁，独逞芳菲。

大姐从事钢材贸易，不很了解她的经营状态，从个性和气质了解，个性低调的她从不招摇和炫耀，与予同喜紫色的，总是默默无语，常常在欢声笑语中被忽略，常常微笑着看着大家在淘气，和蔼可亲寡言少语的大姐是所有人心目中公认的领袖，因为她善良、包容、大度、从不张扬个性，从不埋怨，总是默默微笑地看着大家，包容着淘气的姐妹们斗嘴，偶尔为姐妹们化解一场场语言危机，是整个八姐妹团队的精神领袖和调和剂。

大姐是我心中的茉莉花，她纤细柔弱，淡雅清香，超凡脱俗。

她那淡雅的香气吸引着所有的姐妹，欲罢不能，正如歌中所述，“好一朵美丽的茉莉花，芬芳美丽满枝椏，又香又白人人夸……”。温婉的大姐是持家的好手，也是操持姐妹之家的好手。

二姐原本从事电动车的制造和销售，随着市场状态的改变，毅然变卖工厂，壮士断腕，改行从事投资行业。壮士断腕形容的是男人的气吞河山，当机立断，而作为女子的二姐是需要如何的勇气才能做出如此的决策？此事使我对二姐的勇气和精神是佩服有加。

二姐似那洁白的梨花，“忽如一夜春风来，千树万树梨花开”，写的是漫卷梨花携来的盎然春意，二姐身上有一种独特的霸气和傲气，梨花冰身玉肤，凝脂欲滴，妩媚多姿，是柔的化身；梨花，抖落寒峭，撇下绿叶，先开为快，独占枝头，她是刚和柔的高度统一。她的霸气常常令常人乍舌，她的柔和一面又常常令人惊叹，她就是刚柔并济的结合体。二姐同样少语，却常常不鸣则已，一鸣惊人，时常逗得大家捧腹大笑。

阳光灿烂，清新可人的三姐喜欢那爱与美化身的玫瑰，总是把阳光的笑容传递给身边的所有人，总是把正能量传递给所有人，三姐是阳光天使，也是正能量的化身。“予人玫瑰，手有余香”，该是三姐爱玫瑰的缘由吧？

爱花的三姐，总是以花喻人。每每三姐以送出的鲜花代表自己对姐妹们的一片情意，三姐曾经送我一盆君子兰，三姐期望我，“君子谦谦，温和有礼，有才而不骄，得志而不傲，居于谷而不自卑”，达到三姐的期望还需努力和修行。始终在路上，人生之途上有三姐循循善诱，千万般叮咛和谆谆教导，人生之途如何也不会走偏。

三姐从事体育用品事业，曾经凭借自己敏锐的洞察力，一举注册了易建联、林书豪商标，一时间被媒体传为佳话。而三姐总是以她那颗善良的平常心，笑看身边百态，让我常自惭形愧，美丽的三姐几乎完美无暇。三姐爱玫瑰，在我心目中三姐恰恰似那美丽纯洁亭亭玉立的荷花，明眸皓齿，眼含盈盈笑意，荡漾一汪秋水，把爱心传染给大家。

充满大爱的五姐有一种独特的御姐气质，像那独自傲霜凌雪的菊花，清净、高洁、神秘、胸怀宽广，大爱无疆的风范，五姐曾经发动江西鄱阳巨额爱心善款的捐赠活动，尽管此中经历了种种艰辛、磨砺和不理解，最终五姐做到了，且只有她能够以自己的人格魅力做成这一件事，由衷地钦佩和欣赏，自己也曾经有很多慈善的雄心壮志，最终仅仅以零星的捐赠告终，从没有系统的去做过。古人誉为“花中君子”的菊花，有一种素雅、坚贞之美和坚强、高尚的情操,陶渊明曾以”采菊东篱下,悠然见南山”形容闲适的心境，五姐从事众多行业的投资，以其雄谋大略和智慧勇气并存的能量纵横驰骋商海，我想五姐也可以陶氏心境而自诩了。

谁也无法将商场上的金领与妖娆多姿的肚皮舞联系起来？而五姐就将此完美的结合到一起，在静与动的旋律中，坚定自己对生活的理解，坚定自己对人生的态度。

信仰佛教的五姐心态平和而宁静淡泊，孝顺，活在当下的心境常与我不谋而合，“心静如水，人淡如菊”于淡泊优雅脱俗中，悠然地生活着自己的滋味。

六姐喜欢栀子花，白色花瓣，美丽纯洁的栀子花，是爱心和喜悦的象征，六姐花如其人，每天都生机盎然的充满了未知的希望和喜悦,恰恰是姐妹圈子里的晴雨表,率性的表达着自己的喜怒哀乐，善意的挥发着自己对生活的理解和阐释。

常常在冷寂的姐妹群里，率性地歌唱，率性地欢乐，率性地传达运动的魅力，犹如平静的湖面投下了一枚枚石子，激荡着湖水的涟漪。六姐恰恰是那枚石子，常常让姐妹们充满欢心和笑意，让一个个寂静的夜，变得温暖而色彩绚丽。

洁白、美丽的栀子花不仅是爱情的寄予，平淡、持久、温馨、脱俗的外表下，蕴涵的是美丽、坚韧、醇厚的生命本质，恰如六姐那妖娆的美丽外表下，一颗平和，善良，简单，纯洁的心灵。唐·杜甫《咏栀子花》:“素华偏可喜，的的半临池。疑为霜裹叶，复类雪封枝。日斜光隐见,风还影合离。”说的是栀子花的素雅和静好之美，这美和六姐的娇媚结合在一起翩翩起舞，合二为一。

老七即予也，常以“凌波仙子”自诩，寓意自己如那清雅的花中仙子——水仙,古诗人谓水仙为花中之“雅客”。水仙花语有两说：一是“纯洁”。二是“吉祥”。予更愿以美好心灵，欣欣向荣来阐释自己对水仙之爱及对生命的理解。

每年岁末总会采得水仙，在水仙的陪伴下度过岁末的繁忙时节，在淡雅的水仙香气中净化自己的心灵，“一花一世界，一叶一如来”为之花之孤独清逸者，群芳灿烂中独自芬芳。八姐妹群中，不善言辞，寡言少语，以一颗善良、友爱、纯净之心与姐妹中柔存。常喜欢把自己封闭起来，对外界的事物保持一定的距离，保持着自己的姿势，散发着淡淡的幽香……不娇不媚，怡然自得。

八妹爱兰花，是美好、高洁、贤德之人士的象征，八妹常巧舌如簧，妙语如珠，成为八姐妹中的话语权领袖，常把自己的管理心得和体会分享给大家，集团企业的管理智慧通过八妹娓娓道来，每每都受益匪浅。“兰之漪漪，扬扬其香。不采而佩，于兰何伤……”韩愈的《幽兰操》用现代王菲悠长、深刻、空灵的声音演绎，总会随之哼唱并立刻心静，眼前仿佛摇曳着兰花的身形，高洁、典雅、坚贞不屈。

八妹从事烘培服务行业，其公司品牌享誉海内外，作为江苏地区的总经理，秀外慧中的八妹把自己的敬业精神、坚定不移的信念、蕙质兰心处事方式、融进了自己的事业，以其卓尔不群的气质，开辟了自己事业的一方天地。

伶俐、敬业的小九妹年龄最小的，却是最聪慧的一位，常常能够出其不意地理解老师的意图，博采众长地理解姐妹们的观念并信手拈来。

九妹爱那国色天香，雍荣华贵的牡丹，牡丹花开富贵来，九妹走到哪里都带来欢声笑语，走到哪里都闪耀着正能量的光芒，这就是九妹的人格魅力所在。可爱善良的九妹应该是那火红的牡丹，端庄秀雅、仪态万千、燃烧着自己生命的激情，用圆满、浓情、富贵来理解自己对生命的不懈追求，对事业的执着求索！

九妹从事钢材行业，年龄虽小在企业管理方面有自己独特的见解和胆大心细的品质，不愧为商界一奇才，每每总能在平凡的圈子中脱颖而出，率性地发挥出自己的能力。我曾断言未来的九妹是姐妹中最为事业成功兴旺发达者。

八朵女人花轻轻随风摆动，轻轻摇曳在红尘中，轻轻在自己的生命之途上绽放着生命的色彩，或淡雅、或娇媚、或绚丽、或高洁、或清纯，无论如何绽放，不管世事如何变迁、时光如何变化，让我们成为红尘中相依相偎的一群，互相理解关爱的一群，吾愿“执子之手，与子偕老”，祝福姐妹们友谊之树常青！

水仙，冬季不可或缺的一抹绿色

每年的这个时候水仙总会如不期而至的客人般成为每年冬季办公室里的一道靓丽的风景线，沐浴在水仙淡淡的清香中，心情总会莫名地安定下来，在那份清新淡雅的幽香中让自己能够清醒地认识那一个真实的自我，让自己活得真实而现实，水仙衬托着生活的简单与幸福，勾勒出心情的洁净而素雅，成为每年冬季不变的情怀，似乎已成为冬季里永恒的话题与畅想。

当稍稍从忙碌中仔细搜寻，才顿悟原来缺少了钟爱的老朋友——水仙。生活似乎缺少了生机与色彩。于是派人买来了几株水仙，办公桌上、窗台边、鱼缸上、书柜上伫立着一盆盆碧绿的水仙，如列队的士兵般一株株亭亭于案头。

心灵洋溢着暖暖的情怀，犹如多日不见的老友，终于重逢，有诉不尽的衷肠、有讲不尽的知心话语、有道不尽的思念，充满着温情、充满着叙旧的愿望，似乎要把一季的思念幻化成浓浓的情愫一一倾诉。

就在这份真切的期盼中忽然明白，人一生中总有一些情怀值得永远去珍藏和怀念，无论世事如何变迁，不变的是那份不老的情怀，就像这冬季里的水仙，成为生活中不可或缺的一份子，成为冬季生活中永恒的念想。

犹如生命的烛光照耀着心灵的前程，也许铺满锦绣、也许铺满荆棘、也许会迷失心灵的方向，有烛光的照耀，心灵闪耀着温暖的光辉，这一路有了明确的方向。有了水仙的冬季才是温暖的季节，这一抹小小的绿色不仅仅装点着生活，更装点着心灵，在心灵的冬季，这抹绿色永远代表春天脚步的临近，让这个冬季不再寒冷，不再孤独，不再寂寞。

那洁白淡雅的花瓣，虽然仅能绽放短暂的美丽，却是摄人心魄的美，让你久久怀念的美，以至于每年总会如约去买来培植，当然仅仅需要水分的滋养，每每在空调下总会长得枝繁叶茂，已然无法阻挡花儿的绽放，沐浴在水仙的清香中工作总是愉快而欢欣。

屋子里飘荡着各种花儿的香味，橘黄色的郁金香、白色镶边淡粉色的百合、紫色的玫瑰、淡红色的康乃馨，让办公室里装点成了花儿的海洋，有了年的韵味、多了些喜庆与吉祥的氛围。在各种混合的香味中，依然能清晰地分辨出水仙那独特的香味，总是悠悠地氤氲在空气中，似有若无，如飘然而至的仙女滴洒了少许的香水，仅有的几滴已足以让你沉醉。

冬季里如果没有了水仙的陪伴，一定会瑟缩而落寞，水仙已经成为冬季里的信仰，无论如何繁忙的生活，总有一些值得期待的东西，如串成的珠链般连接着一年又一年的日子，这样平凡的日子中有了水仙的装点才更完美与精彩。无论时光如何变幻，无论情境如何迁移，无论世事如何变迁，不能忘却的总是在冬日里那一份水仙的情结，成为这冬日里永恒不变的主题。

在悠然的冬日不期而至的，是这延续多年的习惯，屋子里有了那一抹葱绿的陪伴，就像是自己保留的一方永恒的情怀，让冬日不再孤单，不再寒冷，不再浮躁……

多日来的奔波劳碌，酸甜苦辣的日子，在看到水仙的那一刻释然，让心渐渐地沉淀下来，恍然所悟，冬季里的这一抹绿色已经成为自己心灵的永恒伴侣。

“凌波仙子”，就是自己生命里的附属，似乎成为了生命里的一份子，到永远无法割舍的情愫。她在一簇白嫩的茎叶里抽出几片交错的绿叶，长长的绿叶像少女的长裙，飘逸、洒脱。在纵横交错的叶间包含着一颗颗含苞待放的花蕊，今年的花蕊出奇多，每一瓣花茎里都裹着一片令人惊奇的花蕊，从错落有致的花径可以分辨出今年的买花人是一水仙高手，才能觅得如此茂密的花蕊。

家里因温度均衡，早于办公室里的花儿提前绽放开来，一股淡淡的清香逐渐弥漫开来，每每闻到此沁人心脾的花香，总会像是见到了多日未见的老友般熟悉，贪婪地吮吸着这熟悉的味道，一股温情在花香中弥漫，融化了自己的身心。

洁白的花瓣自然地舒展，那珠圆玉润的白，洁净、素雅、冰清玉洁。“借水开花自一奇，水沉为骨玉为肌”是古人的描述。淡黄色的冠状形花芯默默地开放，不娇不媚，默默地为那一股白色燃烧着自己的生命。她没有牡丹国色天香雍容华贵的身姿，没有玫瑰的姹紫嫣红千娇百媚，没有郁金香的绝代风华妖娆入骨。有的仅仅只是这一青二白的身躯，并且所求不多，不需要任何的养料，不需要任何的呵护，只需要清水一盆，就可以默默地生长，默默地呼吸，默默地绽放，并不在乎于生命短促，不在乎曾经刀刃雕刻的“创伤”，不在乎严寒的“凌辱”，始终洁身自爱，带给人间的是一份绿意和温馨，每每总会痴痴地沉醉在那淡淡的香和浓浓的情意中。

记得凌波仙子刚刚到家的那一刻，家中阿姨那一副痴痴的神情，着实惊讶，以为阿姨有水仙癖？经过了解才知晓，在老家的阿姨每年老先生都会买一些水仙回来，自己雕琢，到春节前夕，开出洁白的花儿，自己也喜爱此花，本以为今年在我家与水仙无缘，没想到我同样是一位水仙爱好者。

爱水仙的阿姨与我自然出身于不同的时代，却有着相同的爱好，也许正因为此，阿姨才更为投缘，在我家能够长久愉快地相处下去。这个冬日有阿姨和水仙的日子，虽然纯朴却是温暖而丰富的，少却了许多生活上的烦恼。

又是一年冬又至，这个冬日经过了无数岁月的洗礼，更加成熟丰润了自我，虽然再也无法寻觅到那脱口而出的率真个性，这也是每个人都必须经历的成长过程，所以可以释怀。

竹

对于竹的喜爱源于幼年时期苏东坡先生“宁可食无肉，不可居无竹”的诗句。当时并非真正理解苏先生诗句蕴涵的意韵，只一味觉得好玩，遂在自家小院里种上一簇凤尾竹，在当时物产并不丰富的年代里，成为童年时期的美好幻想，是否在居住有竹的生活里可以食无肉？此簇凤尾竹的生长也成为童年时期亲手培植的第一“盆”植物，说是“盆”其实是庭院角落里一个小小的花坛。

随着岁月年轮的不断增长，在我的倾心呵护下凤尾竹越发茂盛,渐渐几乎占据了整个小花坛,母亲嫌弃他占领了桂花树的生长，在我离家住校期间砍掉了部分竹子，给桂花树留下一席之地，后来随着我的离家、老家的拆迁、凤尾竹真正成为一种记忆。但无论何时何地只要有竹子印入眼帘，都会有一份久违的亲切，似乎他是多年不见的老朋友一样占据心灵中的重要位置。

国庆节日有幸去到溧阳南山竹海，让我淋漓尽致地亲密接触了心目中神圣的老朋友，徜徉在漫山遍野的竹海中，一望无边的毛竹依山傍石、千姿百态、形神雄浑,情不自禁与竹为伴留下了诸多影像。

竹子挺拔秀丽、岁寒不凋，自古以来，受到人们的普遍喜爱。

清新、飘逸、恬淡、高雅、不喧闹、不显彰，总是以挺拔的身姿，浓浓的绿色和坚韧向上的精神默默给人以鼓舞和启迪，以其鲜明的个性，顽强的生命力和独有的纤纤君子之风赢得许多人的赏识与喜爱。

古往今来文人墨客描绘竹子的文字比比皆是,苏东坡、郑板桥、杜甫、陶行知、邓拓、康有为……无不留下画竹咏竹的不朽篇章。古人常以“玉可碎而不改其白，竹可焚而不毁其节”来比喻人的气节。人们赋予了他独特的精神气节：清高自洁、百折不挠、刚正不阿，挺拔向上，宁折不弯。

郑板桥堪称画竹咏竹之高手，故“南山竹海”之名由板桥先生所题，所到之处文人墨客描绘的竹与现实之中的竹交相辉映。被无穷无尽的竹子包围、高山镜湖中的竹筏、山涧间的潺潺溪流和形态各异的竹木小屋，让人不自觉融入到自然之中，轻松、悠闲、愉悦。

人生若只如初见

偶然中听到朋友在饭桌上的这句话，虽是偶然的带有玩笑的意味，却真正的震撼着心扉，一如冬日里燃烧的炭火温暖着冰冷的季节，让尘封的往事如潮水般汹涌澎湃，以为被自己贴上封条永远不再开启的坚固堡垒却轻而易举被土崩瓦解……

人生若只如初见应该是一种美丽情愫、是一份淡然的情怀、是一种精致的情结，更是一种至臻至善至美的人生境界……

如果所有的人生都只如初见时的坦然、纯静、心如明镜，也许人世间就不会有悲欢离合荡气回肠的故事发生，如果真是那样，世界是否又变成了表面和谐，实质苍白的乌托邦式的大同世界呢?

总觉得人与人之间的相识相遇，来源于那份千百年前的前生修来的缘分，无论何时何地总是告诫缘分的来之不易，不忍去破坏那份难得的情意，不忍去伤害那些美好的际遇，所以哪怕委屈也无怨无悔。

人海茫茫每天会遇到若干素不相识的人们，如果没有过惊鸿一瞥的震撼，没有过相视一笑的默契，没有过与生俱来的似曾相识的感觉，如果总是默默擦肩而过，那么此生也许就无缘相识，更无需有只如初见的美好。

人生若只如初见，请永远铭记初见时刹那的美好，以此作为未来生活的向导，也许会许所有人一个光芒璀璨的未来梦想。

如果再回到从前，所有一切重演

“如果再回到从前，还是与你相恋，你是否会在乎永不永远，还是热恋以后简短说声再见，给我一点空间……”当张镐哲这首略带暗哑沧桑的音乐从心底响起，那富于独特磁性的歌喉，将思绪穿透时空的隧道回到了那青涩的时节，回味着那些青葱岁月，轻狂的往事一点点弥漫上心头，传送着一份悠远的沉思。

17 岁那年的雨季，伴随着张镐哲歌声度过少年沧桑的岁月，初恋时不懂爱情，那份朦胧的情愫在雨季里滋生，也消失在雨季的长廊里，随记忆的碎片一点点舒展，健康桥上旖旎的身影、被路灯的光束拉长又缩短、缩短又拉长，平行的线条没有交汇就互相消失在各自生活的飞灰湮灭里，为年轻的心魂抹上一份忧伤的色彩。

年轻的忧伤，幼稚的情怀，如今回忆起来只有在一笑中莞尔，如果再回到从前还会选择与你相恋？

宁静的夜晚，遥远的电波里传送来你陌生的声音，在时空的磨蚀中，你的影像早已封存在心灵深处，只剩下曾经的姓氏勾勒起心灵的悸动。流逝的时光流水，除了淘尽历史的尘埃，还淘尽了曾经甜蜜的心思，年少时轻言“永远”的缘，如今想来真的只是一场幼稚的承诺。

“如果再回到从前，所有一切重演，我是否会明白生活重点，不怕挫折打击，没有空虚埋怨，让我看得更远……”生活在不知不觉中开始了回归，同样的姓名不同的个人，述说着生活的戏剧。

数年后与你的重逢，让思绪仿佛轮回到花季二十，相同的姓名却是不同的个性，注定了生命中不平凡的邂逅。虽然只是朋友的朋友，虽然没有过多的交往，虽然没有过多语言的沟通，曾经心照不宣的、在漫漫长夜里细数流星划过的往事依然流转在心底。

传说沉默寡言的你已经消失在世间，如今重逢的他是否是你灵魂的再现？如果再回到从前，是否会与你邂逅、是否会开启不一样的人生？

“如果再回到从前，还是与你相恋，你是否会在乎永不永远，还是热恋以后简短说声再见，给我一点空间，我不再轻许诺言，不再为谁而把自己改变，历经生活试验，爱情挫折难免，我依然期待明天……”当你转身离去那一天起，一切生活回归到原始，虽然再也无法回到从前，生活的磨练，情感的挫折，逐渐成熟的心灵，不再沉迷在你的世界里，不再轻易迷失自己，生活依旧焕发着彩虹般的瑰丽色彩。

原来没有你的世界依然精彩，如果再回到从前，还会选择与你相恋？

为了梦想而努力

梦想，是人们对未来生活的憧憬和希望。

梦想，是人们生存的丰碑，闪耀着璀璨的光芒。

梦想，是一汪川流不息的泉水，追寻着源头的方向。

梦想，是人们心灵美丽的鲜花，婀娜多姿，俏丽异常。

梦想，是虚幻的海市蜃楼，指导着人们的灵魂一步步去追寻。

梦想，是一座生命的灯塔，矗立在人们心灵的巅峰，指引着人们前行的航向。

闹市的一隅，暖暖的阳光照耀得人也慵懒起来，心情如阳光般灿烂、愉悦。这样的午后披着温暖的阳光，坐在这家西餐厅的窗前，数着三三两两逛街的人流，观察着人们或急行，或懒散，或三五簇拥着走过，兴趣盎然。一本书，一杯咖啡，一窗的阳光，一间优雅的西餐厅，也曾是作为普通人的梦想，即便市区因为铁路改造，街区毫无任何美感，记忆里如今日的午后是久违的，记不清有多久没有如此悠闲过。

每个人都会有自己的梦想，而人们总在为追求自己的梦想而孜孜不倦地追求。

为了梦想而努力。当人们在追求梦想的路上前行，经常被名利所困扰，为了名利的梦想而奔波，这一路会充满利欲熏心的焦虑，充满物质追求的斤斤计较，充满锱铢必较的算计。如果不懂得适时停下脚步，调整自己前行的步伐，心灵的泉水会逐渐地失去生机而枯萎。当年华终老，名利都成过眼烟云时再回头，才发现名利终究只是昙花一现的美丽，才发现心灵已如荒原般贫瘠，才发现除了互相的利用之外没有朋友，老年终日孤独，这样的人生毫无任何意义可言。

为了梦想而努力。把梦想当成持之以恒的激情与动力，锐意进取，不懈奋斗，梦想终究会一个个地实现。当实现了自己短期的梦想后，再回首前行路上，会发现并思考自己到底得到了多少？又失去了多少？下一个梦想应该如何去实现，自己的现实与梦想距离到底有多远？始终保持一份心灵的富足和宁静，始终用平常心来笑看世间百事。当年华终老时发现自己除了名利之外还能够保留一些生命的本真，还可以有三五好友知己喝茶、聊天，可以得到自我的满足与慰籍，这样的人生何尝不是一种幸福、完美的人生？

品茶如参禅

品茶如参禅，每每端坐茶盘前，心就渐渐沉淀下来，一种宁静，一种静默，一种禅意，一种神圣，蔓延身心，没有刻意学习过如何泡茶，没有任何理由的喜欢。

轻轻地蒸煮茶具，注水，煮水，一一夹出茶具，轻轻地洗茶，洗杯，泡茶，待茶汤入杯，或红茶，或绿茶，每一步都是那么轻柔，细致，绵柔。轻抿一口自己泡的茶汤，每每总有如释重负后轻松愉悦之感，也许是那一刻让自己爱上泡茶的感觉。

记得有一次主持一场女子俱乐部活动，禅茶表演环节。茶艺师是一名妙龄女子，长发飘飘，衣袂飘飘，坐在茶盘前，如一尊美丽动人的佛，那份静美感染所有人。配合音乐与讲解，她缓缓祈祷，慢慢地沏茶，赏茶，馆茶，品茶，饮茶，静静地观赏她每一个动作与细节，就像欣赏着一幅幅灵动秀美的图画，茶雾氤氲，香雾袅袅，满眼静美若莲，满眼禅味。她已把禅与茶完美结合在一起，达成禅茶一味的最高境界。

茶如人生，品茶无论何时何地，总是那么一种淡淡的味道。人生若只如初见，人生何尝不是一股淡淡的味道？唯有平淡方见生活的真味，唯淡方能品味出人生的至简，至纯，任何繁华，浓烈都经不起时间长河的历练与磨蚀。

品茶如参禅，淡淡的茶味，淡淡的意蕴，淡淡的人生。